講談社文庫

妖怪アパートの幽雅な人々

妖アパミニガイド

香月日輪

JN267341

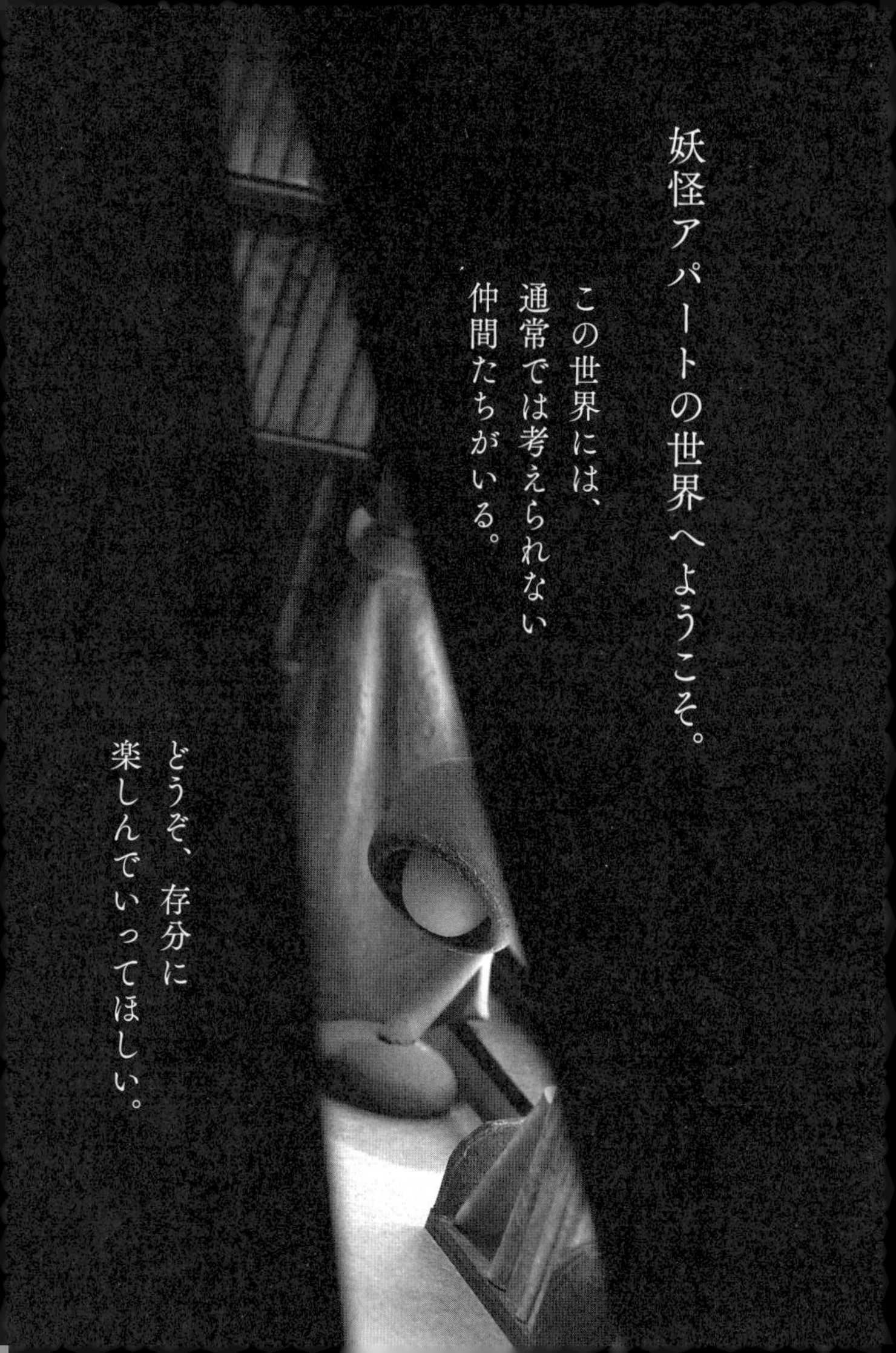

妖怪アパートの世界へようこそ。

この世界には、
通常では考えられない
仲間たちがいる。

どうぞ、存分に
楽しんでいってほしい。

もくじ

条東商業高校へようこそ

妖怪アパートの幽雅な日常 番外編

（引用は、文庫版『妖怪アパートの幽雅な日常』全10巻より）

妖怪アパートへようこそ

俺がこの妖怪アパートこと寿荘《ことぶきそう》に来て、もう十数年。

最初はオバケ屋敷と思った……
いや、本当にオバケ屋敷なんだが、
ここには、超絶美味の賄《まかな》いと、
天然温泉の大浴場、それに、
面白い仲間たちがいる。

今日は俺が
妖怪アパートの中を、案内します。

このアパートは、
人間、幽霊、妖怪たちが普通に暮らしているだけ。
怖いことは何もない。

まずは、前田不動産にでも行こうか？

人物相関図

寿荘の人々

101号室 **まり子《こ》さん**
美人保育士の幽霊

102号室 **一色黎明《いっしきれいめい》**
詩人にして童話作家

103号室 **深瀬《ふかせ》明《あきら》**
画家

古い馴《な》染《じ》み

201号室 **長谷泉貴《はせみずき》**
夕士の親友

203号室 **龍《りゅう》さん**
高位霊能力者

204号室 **久賀秋音《くがあきね》**
除霊師《じょれいし》を目指す女の子。
夕士の修行トレーナー

るり子《こ》さん
手だけの賄《まかな》い婦《ふ》

206号室 **鈴木《すずき》さん**
掃除好きのおばさん妖怪

207号室 **大家さん**
アパートを管理する黒坊主

208号室 **佐藤《さとう》さん**
サラリーマンの妖怪

209号室 **山田《やまだ》さん**
庭いじりが好きな幽霊

桔梗《ききょう》さん
夕士の修行を
手伝う猫娘

華子《はなこ》さん
挨拶《あいさつ》を
欠かさない幽霊

クリ
2歳くらいの
男児の幽霊

シロ
クリと生活する幽霊犬

貞子《さだこ》さん
長い黒髪の幽霊

骨董屋《こっとうや》
次元をも行き来する
商売人

条東《じょうとう》商業高校の人々

千晶直巳《ちあきなおみ》
夕士と相性がいい
超人気の先生

田代貴子《たしろたかこ》
桜庭桜子《さくらばさくらこ》　**垣内由衣《かきうちゆい》**
夕士のクラスメイト。
姦《かしま》し娘《むすめ》

神谷瑠衣《かみやるい》
夕士の１学年
上の生徒会長

古本屋
世界中の奇書《きしょ》を扱う。
『七賢人の書《セブンセイジ》』のブックマスター

先輩

202
号室
稲葉夕士《いなばゆうし》
中学１年生のとき、両親を亡くし、高校入学と同時に妖怪アパートへ入居。22匹の妖魔《ようま》を封《ふう》じた魔法の本『小《プチ》ヒエロゾイコン』のブックマスター

フール
『小ヒエロゾイコン』
の案内人

寿荘に来る人々

茜《あかね》さん
山の神に仕える狼

又十郎《またじゅうろう》さん
熊野《くまの》の隠れ里に住むマタギ

前田《まえだ》さん
不動産屋のおじさん

馴染み

薬屋
薬の行商をしている

前田不動産

鷹《たか》ノ台東《だいひがし》駅の改札を出て、すぐ目に入るのが「キンキンホーム」の黄色いのぼりだ。大手チェーンの不動産会社。鷹ノ台東駅近辺で部屋を探している普通の人は、まずこの店に入るんだけど、ここの店員っていうか、俺が当たった担当っていうのが、俺がまだ子どもだからって、客なのに見下してものを言うような奴で、もう少しで殴りそうになった。どうやら「客を差別する」ので有名な店らしい。

そこから五分ほど歩いたところにあったのが前田不動産だ。ビデオショップの横に、おまけのようにへばりついている小さな店。うっかりすると気づかないような……。俺がそこへ導かれたのは、運命なんだろうな。前田不動産は、人生に行き詰まって、何かを変えたい意思がある奴にしか見つからないから。

店内には、物件を紹介する類いのものは置いていないし、前田さんは、殺風景な店の真ん中で、丸メガネをかけて、新聞を読んでいた。前田さんの、俺を最初に見た瞬間の笑顔は忘れない。温かくて、やさしい笑顔だった。俺の話を、じっくり聞いてくれた。俺は、それだけですごく救われた思いがしたものだ。

そして、紹介されたのが、「寿荘」(という名前は、後から知ったけど)。まさに、運命の出会いだな。

今にして思えば、前田さんが、自分の部屋があるからと言ってくれたことも、本当のことかどうか怪しい。あの部屋は、あのときから「俺の部屋」として用意されていた場所だったんじゃないか？　だったら……嬉しいな。

人生に行き詰まったら、あの前田不動産に行ってみるといい。

前田のおじさんが、アゴ髭《ひげ》をこすりながらこう言ってくれるかもしれないぜ。

「妖怪アパートの部屋の鍵《かぎ》、貸しますヨ」

前田さんによる 寿荘 間取り図紹介

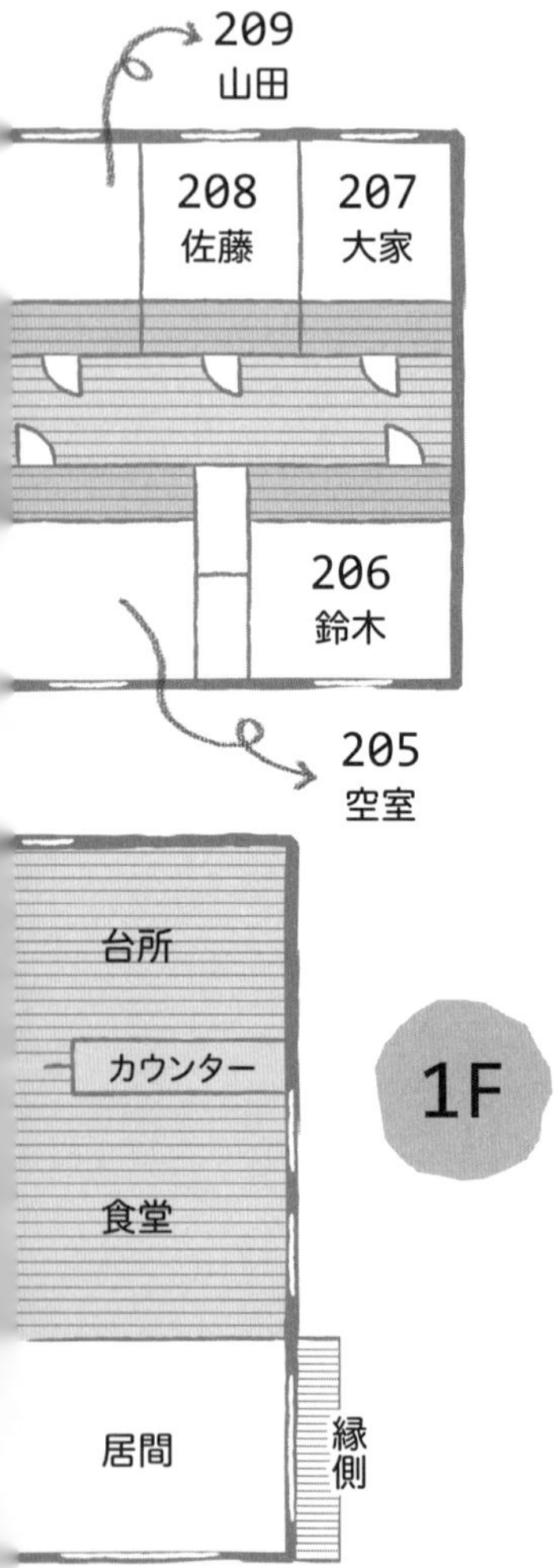

寿荘には、妙な空き部屋や変な空間が出現することもある。むやみに探検すると、戻ってこられなくなってしまうかもしれない……。

2F

2階は、個人部屋。どこを見てもきれいに掃除されていて、塵《ちり》ひとつない。

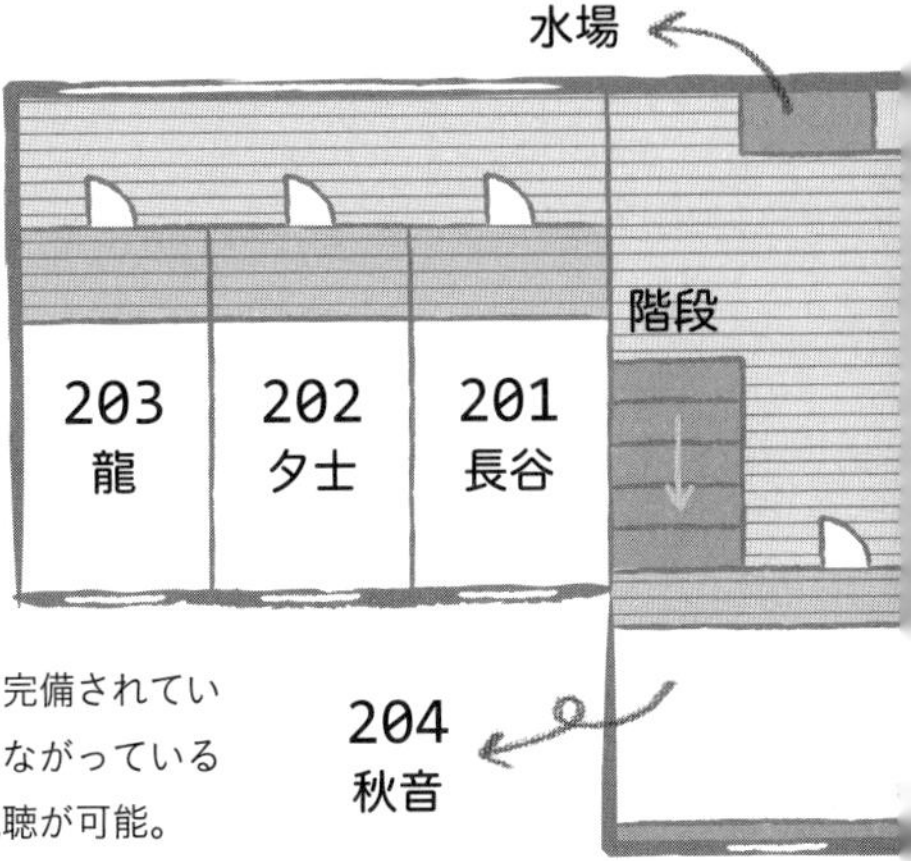

古い建物だが、光回線が完備されている。ケーブルテレビもつながっているため、66チャンネルの視聴が可能。

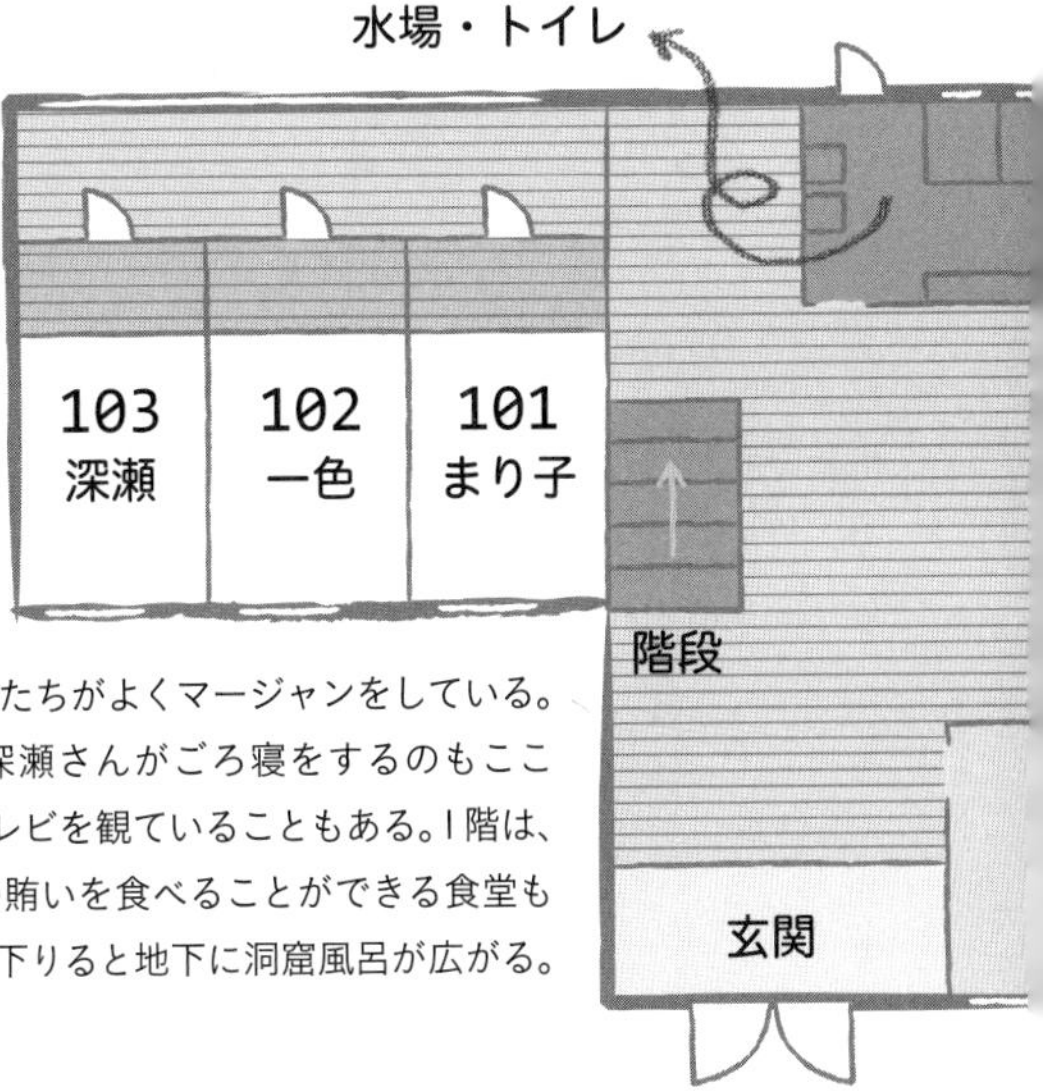

居間では、鬼たちがよくマージャンをしている。一色さんや深瀬さんがごろ寝をするのもここだ。クリがテレビを観ていることもある。1階は、るり子さんの賄いを食べることができる食堂もある。階段を下りると地下に洞窟風呂が広がる。

一〇二号室　一色黎明

一色黎明詩人の部屋は、最新式のＡＶ機器やパソコンで埋めつくされている。あの、ちょっと古風な甚平《じんべい》姿からは、あまり想像できないだろ。なんかしらないけど、ＡＶは最新のが好きらしいんだ。ブルーレイレコーダーに、七つのスピーカーがついたサラウンドシステム。あの狭い部屋に必要ないだろ！　って思うよな。佐藤さんほど映画好きってわけでもないのに。

さらに、詩人は、原稿は手書きなんだ。じゃあ、最新式のパソコンで何をしているかというと、写真や画像の編集をしているらしい。詩人って、そういうのも好きなんだな。たまに最新式のデジカメで、景色や近所の猫とか撮ったりしてるから。ああいう写真集とか、出さないのかな。

で。本業の作家のほうだけど、いつ書いてたっけ？　と思うほど、仕事をしているのかしていないのかわからない。詩人ほどになれば、がつがつ仕事しなくて

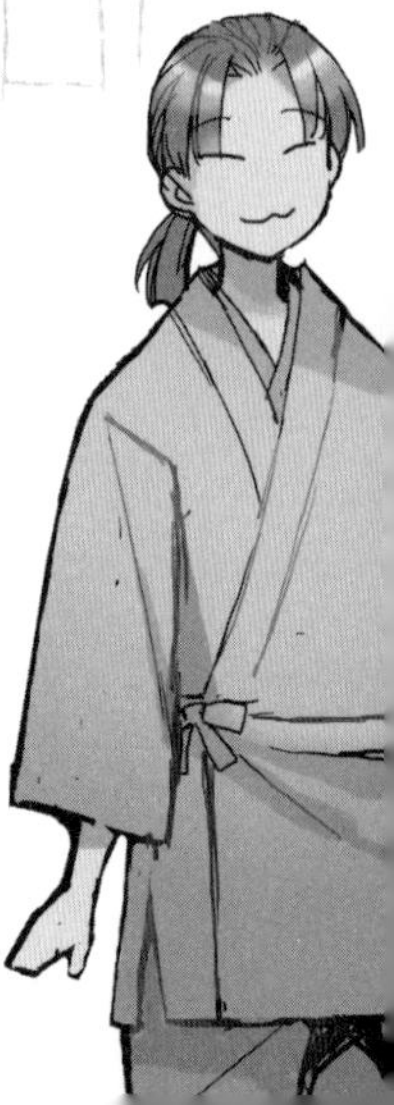

すむんだろうな。アパートに編集さんとか来たこともない。編集さんとの打ち合わせは、外でするみたいだ。え？　いつ外出してたっけ？　と思うけど、出版社のパーティに、たまに出ていたよ。編集さんとの打ち合わせは、そのときにするみたいだ。そこには、やっぱりめったに外に出てこない「ひきこもり作家仲間」が来るんだって。あの、椎名《しいな》聡《さとし》とか！　椎名聡と詩人が知り合いなんて、いかにもありそうで笑える。今度、サインもらおうっと。

詩人は、美術商の老舗《しにせ》「黎明苑《れいめいえん》」とも繋がっていて、そこの社長とは従兄弟《いとこ》らしい。そういえば、社長の名前って一色だった。俺、美術方面はまったく詳しくないんだけど、けっこう有名な名物社長らしい。

アパートに、もう十年以上いるという詩人。その年数も、あてにならない

一色さんのプロフィール

身長	160cmくらい
体重	不明
血液型	不明
趣味	AV機器。写真や動画の編集
好きな食べ物	白子とか、あん肝《きも》。つまり酒のアテ
嫌いな食べ物	パクチー、バジル
実は……	実家は大金持ち！

けど。もう人間なんだか妖怪なんだか、わからない人だ。若いんだか年寄りなんだかもわからないし。作家としてのキャリアは長いけど、ベストセラー作家ってわけじゃないから、生活費とかどうしてるんだろうと思う。

だから、画家から「実は、すげぇ金持ちなんだぜ」と言われたときは、なんかしらないが納得した。たとえそれが「徳川の埋蔵金《まいぞうきん》を掘り当てたから」とか「外国の宝くじに当たったから」とか、荒唐無稽《こうとうむけい》な理由でも、詩人なら納得できる。実際、ロールスロイスを持ってるっていうし。見たことないけど。

めったに仕事をしない詩人だから、新刊もめったに出ないわけで。それを待ち望んでいる読者も、そんなに多くないけど確実にいるわけで（含む、俺）。

でも、このほど、とうとう一色黎明の、大人向け童話の新刊が出た！

ま、大人向け童話だから、そこは、子ども向けの童話とまったく違うけど……。以前に、俺が画家に言われたように「好きな女を氷づけにして、毎晩なめ回したい」奴向けなわけだ（もう一度言う。俺はそんなことは思ってない）。あの、子どものラクガキのような、とぼけた顔のどこから、こんな美しいエログロが出てくるのかと、いつも感心する。

ここに、その出だしだけを紹介しておこう。


とある国の王女が持っている七色の小瓶《こびん》には悪魔《あくま》が封じこめられている。

昔から王室にあったが、いつどこで手に入れたかは、だれも知らない。

悪魔が王女にささやく。

お前を殺したい。お前の体をバラバラにして、指を一本一本切り落として、その爪《つめ》を、花びらのように並べたい。

王女は恐怖を覚えるが、しだいに悪魔に惹《ひ》かれていく。

これは悪魔の愛の告白なんだ。

王女は気がつくと悪魔に殺される妄想をしていた……。

一色さんの名言集

頭の中の考えが
文字になった瞬間に、
別物になった
感じがする時はあるよねえ

活字は、想像する楽しみが
多い表現方法。

2巻p47

迷わない分だけ
世界は狭くなるし、
もっと
しんどいヨ

迷って悩んでいるときは
不安だが、そうしなければ、道は開けない。

4巻p45

〃見捨てない〃こと
じゃない
かなあ？

「救う」ことと「救わない」ことのボーダーラインが、そこにある。

3巻p146

『地獄への道は、
善意で舗装されている』

善人の親切のカラ回りは厄介《やっかい》。良かれと思った行いが、悲劇的な結末を招くこともある。

5巻p146

その言葉は、
きっと生身の人間の、
血の通った響きを
持っていたんだと思うわけ

かわいそうという言葉は、軽々しく使うものじゃない。

6巻p222

不幸のフィルターで
まわりを見てるから、
世の中は歪《ゆが》んで見える

まわりの人間は恵まれていて、自分を見下しているように思うと、周囲を拒絶してしまう。

8巻p59

生身の人間を救うのは、
やっぱり
生身の人間でないと

ネットの匿名性を利用して、他人の悪口を言い続け、自分を狂わせていく人間もいる。

9巻p93

一〇三号室　深瀬明

深瀬明画家の部屋に欠かせないもの。

それは……シガーのドッグフード。

画家の相棒シガーは、狼《おおかみ》の血が混じった狼犬。画家が枕にして寝入ってしまってもぜんぜん平気な、大きくてたくましい犬だ。出身は、アラスカ。画家がアラスカを旅行していたときに、現地の人から譲られた。そのときは、可愛い小さな子犬だった。

シガーは、いつも画家の部屋で寝ていて、たまに庭に出てきて地面を掘ったりしているけど、無駄吠えはしないいし、本当にかしこい犬だ。

画家はそのシガーをバイクの後ろにタンデムさせて、日本各地、いや世界各地を旅行している。個展とかの仕事と、絵を描くためだ。でも、その姿がかっこいいからって、シガーを乗せてバイクを駆っている姿の写真集が出てるっていうか

ら、すごいというかなんというか。シガーはメットかぶんないけどな……。かぶんなくてイイのか!?

画家の絵は、アンディ・ウォーホルみたいなポップな現代アートで、日本より海外で人気があるんだけども、実は、風景画も評価が高いんだ。それは、アラスカの荒野や大河を描いた渋い風景画で、本当に描きたいっていうか、好きなのは、こっちなんじゃないかと感じる。画家を追いかけるコアなファンたちも、ポップアートより風景画のほうが好きって奴が多いそうだ。それはそうかもな。だって、画家のコアなファンって、みんな男だから。バイク飛ばして画家の個展を巡礼して、どこかの会場で画家が暴れないか期待してるような奴らだ。

その期待に応えるってわけじゃない

深瀬さんのプロフィール

身長	180cmくらい
体重	不明
趣味	ケンカ、旅行
嫌いな食べ物	辛いもの
煙草	キャメル
愛車	ハーレーダビッドソン・ロードグライド（過去）。バカでっかい4WD（現在）

けど、画家はよく個展会場で暴れる。それは、気に食わない客とか業界人に食ってかかった挙げ句のことなんだけども、それでも、絵を見に来た人と、椅子やテーブルをひっくり返して殴り合うなんて、そんな画家はいないだろう。

というわけで、他の作家の個展会場でも、画家が現れると「深瀬が来た！　壊れ物をしまえ！」と、係員たちがばたばたする光景が見られる。画家は「俺はゴジラかー！」と言って、やっぱり暴れるわけだな。アパートに竹中たちが来たときの暴れっぷりは、見事だった。まったく「場数が違う」って感じたもんな。

ああ見えて、画家はけっこうな苦労人で、母親を早くに亡くして、父親は飲んだくれで、だから、高校生ぐらいまでは、ずいぶん荒れていたらしい。まぁ、そういう匂いがするけどね。「リアル尾崎豊《おざきゆたか》」みたいな。でも、まったく暗い感じがしないところが、画家らしい。きっと、子どもの頃からたくましかったんだと思う。絵画の世界と出会うことができて、その世界でやっていこうと「決意」し、「行動」したのは、画家本人の意志の力だ。絵画の世界で、ずっとやっていけているのも、そうしようと努力した画家の意志の力なんだ。

画家は、今、アラスカにいる。永住するらしい。部屋は相変わらず、そのまんまになっているけどな。

アラスカには、画家行きつけの場所がある。シガーをもらった家がある街だ。街といっても、一歩街を出れば、そこには、大河あり大森林あり大山脈ありの、アラスカの大自然が広がっている。

シガーはそこで、熊から画家を守って死んだ。かっこいい最期《さいご》だった。

画家はその街で、シガーの子どもたちとともに、シガーの墓を守って暮らしている。トレードマークのバイクを、バカでっかい4WDに乗り換えて。

画家がアパートにいなくなった今、詩人の飲み友だちを、不肖《ふしょう》俺が務めている。画家ほど飲めないから、まだまだ空席を埋めるまでにはいかないけど、詩人とちびちびと飲みながら、妖怪アパートの庭を眺めて、「なりたかった大人の姿」に近づけたのかな、と思ったりしている。

深瀬さんの相棒

深瀬さんのバイクは、オリジナル仕様のハーレーダビッドソン・ロードグライドだ。長距離のツーリングに向いていて、圧倒的迫力を持つ。

いつもはアパートの裏手に置かれている。深瀬さんの帰宅は、ドッドッドッドッというエンジン音でわかる。

シガーは、アラスカでもらってきた犬だ。狼の血が4分の1入っている。顔は怖いがかしこくて、可愛い子。

シガーの特等席。ここにシガー以外が乗ることはない。いつもタンデムして移動した。

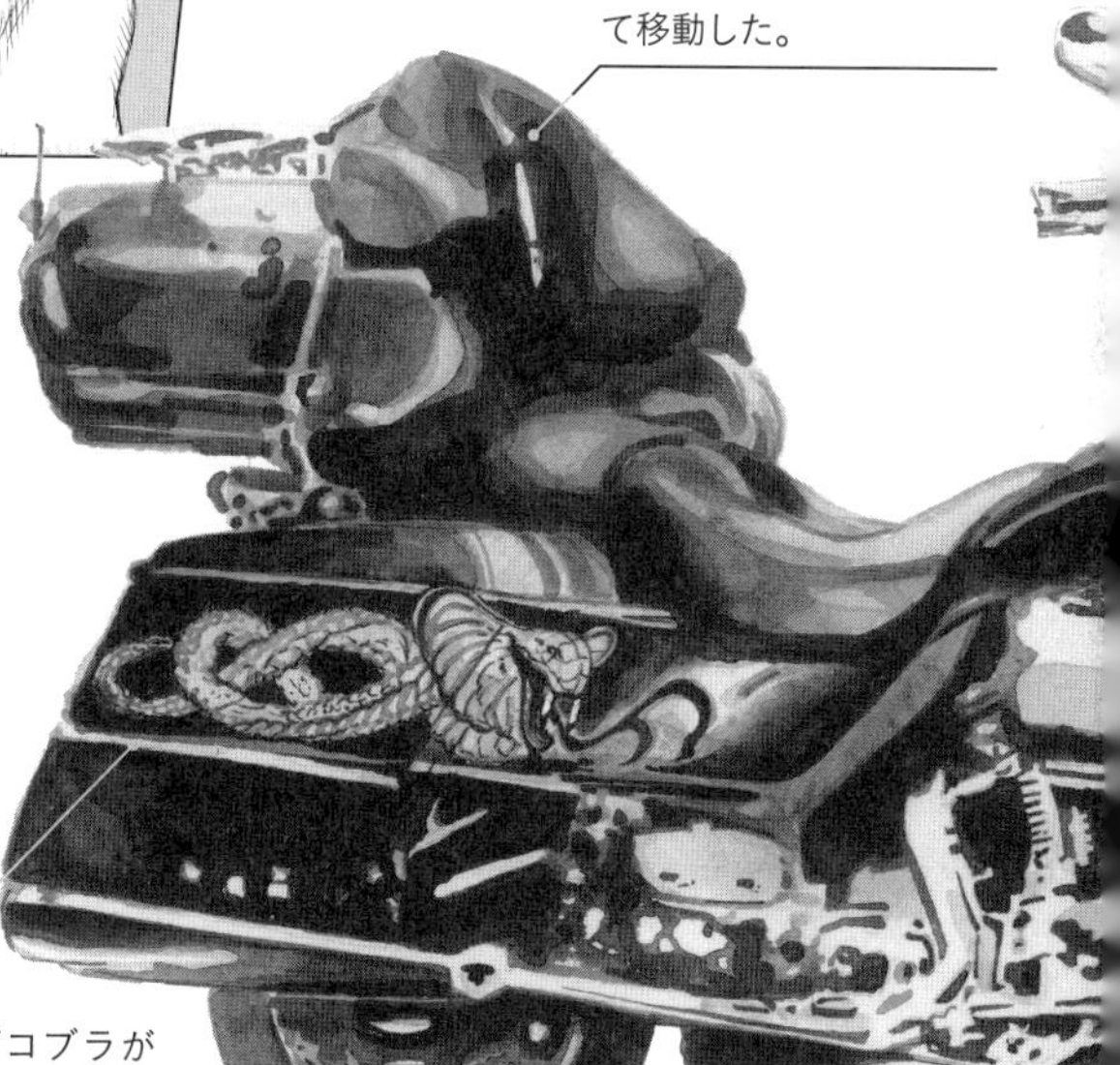

キングコブラがデザインされている。深瀬さんは、同じ模様のバイクスーツも持っている。

一〇一号室　まり子さん

まり子さんの過去に、あんな哀しいことがあったなんて、ちょっと信じられないよな。いつも明るくて、誰よりもオッサンで、仕事のあとで風呂に入ってビール飲んで、裸で歩き回って、誰かれかまわず触りまくってさ。大声で笑ってるのに。まり子さんも、妖怪アパートに来て救われた人なんだろう。アパートで、かなわなかった夢をかなえている人なんだ。

　あんなオッサンでも、秋音ちゃんと、たまにガールズトークをしてることがある。ファッションについてとか。でも、それはすぐに、食べ物の話にシフトしていくんだ。最後には、くさやとか酒の肴になってる。やっぱり、オッサンなんだな（秋音ちゃんも、けっこうオッサン……失礼）。

まり子さんは、妖怪託児所「鶴亀園《つるかめえん》」に勤めているんだけど、アパートからは、「異界への道」みたいな、特殊な道を通って行くらしい。だから、まり子さんは、外界というか、俺や秋音ちゃんが出て行く世界には来ないらしい。来ないというか、来られないというか。やっぱり、その辺よくわからない。「鶴亀園」も、興味深いけど、見るのが怖い。たとえあどけない幼児ばかりとはいえ、幽霊や妖怪の子どもだぜ!?　二十四つ子っていうのもびっくりだよな。そりゃ、てんてこまいもするだろう。

いつまでたっても、まり子さんのヌードに慣れない古本屋や佐藤さんと違い、俺は慣れてきた。喜ぶべきことなんだろうか？

まり子さんのプロフィール

身長	170cmくらい
スリーサイズ	B89　W58　H90
好きな食べ物	くさや、鶏唐《とりから》
好きな酒	ビール
嫌いな食べ物	シイタケ、ミョウガ、ナス ……他たくさん
煙草	普段はほとんど吸わない。誰かに分けてもらうことがある

るり子さん

るり子さんの朝は、早い。

住人の中には、早く起きて学校や会社に行く者、前日に深酒して起きてこない者もいる。要するに、みんな勝手気ままなわけだ。そんな連中が、どんな時間帯に起きても、何を要求しても、出来たての料理を出せるように、仕込みに力を入れてるんだ。朝食を出し終わったら、休む間もなく昼食の支度《したく》、それが終われば夕食。夜食だって、毎日のように用意してる。ありがたい。

買い出しは、人間や、人間に化けた者に行ってもらってる。もちろん、るり子さん自身がついて行って、旬《しゅん》の食材を吟味《ぎんみ》する。その際は、るり子さんの意見が「聞ける」者でなければならない。だから、俺なんかは、せいぜいメモに書いたおつかいを頼まれるぐらいだ。

食材は他に、農業や漁業をしている妖怪たちから、季節のものが届くこともある。これは、贈り物の場合と、るり子さんが注文していた場合とがある。

るり子さんは、働き者だ。根っからそうなんだろうけど、やっぱり、生きているときにかなえられなかった夢があったからなんだろうな。料理はもちろん、食器を選び、テーブルクロスを選び、花を活《い》けて、そして、心をこめて作った料理を、俺たちが「うまいうまい」と食べる。これが、るり子さんの夢見たすべて。るり子さんの幸せが、俺たちにも伝わってくるんだ。

食堂に、うまそうな匂いが立ちこめてくると、腹をすかせた住人たちが集まってくる。るり子さんは、こちらの反応を見ながら、次に何を出すかを常に考えている。酒飲みどもには、夏には冷えたグラスを。冬には、身体《からだ》が温まるものを。飯を食べ終わったら、新しいお茶とデザートを。

もちろん、住人の好き嫌いのチェックは完璧だ。料理のレシピとともに、そういうことを書きこんだノートが、何冊もある。

俺は、とにかく白飯と肉が大好物。飯は、白飯が一番で、チャーハンとか寿司とかも好きだ。肉はなんでも。魚も好きだな。あ、るり子さんは、漬物も上手なんで、飯食

いとしては嬉しいことこのうえない。るり子さんの「赤蕪漬け《あかかぶ》」と「キャベツのぬか漬け」は、絶品だから。それだけで白飯が何杯食えるか。

長谷は、実家が洋食中心なんで、長谷がアパートに来たときは、るり子さんは気を遣ってくれる。長谷がパスタが好きだから、それを出したり、朝食にトーストを用意してくれたり。長谷の苦手は、青魚だ。でも、るり子さんは、青魚も上手に料理してくれるから、長谷も喜んで食べている。

クリは、甘い玉子焼きが大好物。

秋音ちゃんは「好きなもの＝大盛り、嫌いなもの＝並盛り」だ。わかりやすい。

古本屋は、一部の貝がダメ。あんなに雑食っぽいのに。あと、秋刀魚《さんま》のはらわたとか。酒飲みのくせに、子どもみたいだろ。

画家は、意外なことに、辛いものが苦手。いや、俺も得意ではないけど。あの画家に苦手なものがあるなんて……。

意外といえば、詩人にも苦手なものがあった。香草《こうそう》だ。パクチーとかバジルとか、そっち系。もっとも、るり子さんは普段の料理にそっち系はあまり使わないけどな。

秋音ちゃんや龍さんや、霊能力のある人は、るり子さんとは「頭で会話できる」らしいけど、俺は、もっぱら筆談だった。でもあるときから、るり子さんと一緒に「手話」を勉強したんだ。今じゃ、簡単な話は手話でできるようになった。ちなみに、るり子さんは、字が上手だ。たおやかなというか、女性らしい（そして美人っぽい）印象を受ける字を書く。これで「お品書き」とか出されると、銀座の高級料亭にいる気分になる。お得だ。

忙しい一日の仕事がすべて終わると、るり子さんも自分の部屋へ引き上げていく。どこにあるか知らないけど。

るり子さんには身体がないから、布団やベッドはないんだろうし、鏡台とかもないだろうけど（と思ってたら、詩人にベッドも鏡台もちゃんとあるよって言われた。骨董屋が用意したのだとか）、なんだかきっと女性らしい部屋なんだろうなと思う。花は活けられているだろうし、カーテンがレースだったり。

そして可愛いテーブルの上に、薔薇《ばら》柄《がら》とかのおしゃれな小物入れが置かれていて、そこには、長谷がプレゼントしたブラックオパールの指輪が、そっとしまわれているんだろう。

ちょっと一手間

るり子さんの土鍋でご飯

るり子さんの料理には、心がこもっている。ほんの一手間かける心こそ、るり子さんの料理の真骨頂《しんこつちょう》なのだ。ここでは、一般家庭用に四人分のご飯の炊き方を紹介する。

一．お米を用意します。
三合で、四人分炊けます。

米の一合は約一五〇gです。米〇・七合（約一〇五g）で、二〇〇gのご飯が炊き上がります。これがほぼ一人前になります（あくまで、普通の量を食べる人の分量です）。

二．ボウルにお米と水とを入れ、
軽く一混ぜし、
すぐに水を捨てます。

米が水を吸収するため、おいしいご飯のためには、おいしいお水を用意してください。ミネラルウォーターや浄水器の水を使います。

三.

再び水を入れ、
軽く混ぜて捨てることを
三回ほどくり返し、ざるに
あげます。

米を研《と》ぎすぎると、米粒が割れて、風味が悪くなってしまうので、軽くすすぐ感じで大丈夫です。

四.

土鍋に米を入れ、
六五〇ccの水を入れます。
夏場は三〇分、
冬場は一時間ほど
水を入れて浸透させます。

米の一合は一八〇ccです。水は炊きたいお米の合数の一・二倍と考えてください。

五.

土鍋にふたをし、中火にかけます。
沸騰したら弱火にして一〇～一五
分加熱し、水分がなくなったら、
二〇秒ほど強火にし、火を止めます。

ぴちぴちという音が聞こえてきたら、中の水分がなくなったというお米からの合図です。すぐに強火にしましょう。

六.

一〇分ほど蒸らしたら、
ふたをとって、混ぜ、
余分な水分を
とばします。

炊き上がったらふたと鍋の間に布巾をはさんでおくと、水蒸気がご飯に落ちないので、ご飯がべたつきません。

古本屋

古本屋は、世界中を旅している。だから、アパートには、たまにしか帰ってこない。

その古本屋が、もっとも楽しみにしているのは……るり子さんのご飯だ。

「日本人でよかったよー！」

という叫びは、もう定番のセリフ。ブリのアラは骨までしゃぶるし、カレーライスは飲むように食べる。ラーメンも、泣きながら食べる。

一見、無国籍風の奴に見えるけど、れっきとした日本人なんだな。ヨレヨレのデニムに、黄色の丸メガネ。茶髪の長髪に無精《ぶしょう》髭《ひげ》といい、軽〜い物言いといい、わかりやすいダメな大人だ。

部屋は二階のどこかにあるみたいだけど、あんまり

アパートにいないし、アパートにいるときは、いつも居間か食堂にいるから、部屋にいるっていう印象がない。どうせ何もない部屋だろうとは思う。

古本屋が操《あやつ》る本は『七賢人の書《セブンセイジ》』で、原題は、『七つの知恵』。アラトロン、ベトール、ファレグ……という名前の、七人の魔道士《まどうし》の力を封じこめていて、古本屋は、それを自由に使えるんだ。

古本屋はこの魔道書を武器に、世界中の奇書、珍本をハントして回っている。なぜ古本屋に「武器」がいるんだ？　と思う。なぜ、古本屋が、マシンガンで撃たれたり、ナイフや剣を持った連中に追い回されるんだ？　と思う。なぜなんだろうな～？　いまだにわからない。

二人で一緒に世界旅行をしているときにも、宿でのんびりしていると、古

古本屋のプロフィール

身長	175cmくらい
体重	70kgくらい
趣味	とにかく本が好き
好きな食べ物	ブリのアラ骨、カレーライス、ラーメン
嫌いな食べ物	一部の貝（サザエ、赤貝など）秋刀魚のはらわた
煙草	マルボロ
好きな本	小説や論文、画集、絵巻物、古文書、漫画
お守り	銀や青玉のアクセサリー

本屋が血相変えて飛びこんできて、「ズラかるぞ、夕士！　荷物まとめろ！」と叫んだことが、何回あったか。そんなときは、「えっ、なんで？」とか言っていられない。「ウス！」と、即答しなければならない。でなきゃ、命があぶないからだ。

俺たちがズラかった直後の部屋が爆破されて、「いったい何したんだ、あんたは！」と、俺が食ってかかっても、古本屋は「えへへ～」と、頭を掻くだけ。そんな奴だ。

まったく、そんな奴とよく付き合ってるなとは思うんだけど、縁があるんだろうなあ、「プチ」のことといい。「プチ」といえば、なぜ「プチ」と俺に縁があったのかも、いまだにわからない。たぶん、これからもわかることはないだろう。縁とは、そんなものなのかもしれない。

まぁ、こんな、頼りになるかならないかわからない、まったく先輩らしくない（どちらかというと、俺は龍さんの後輩になりたかった。何度でも言うけど）、手のかかるダメな古本屋だけども、俺を世界旅行に連れだしてくれたのは、本当に感謝している。

「どうして俺を世界旅行へ連れて行こうと思ったのか？」と、古本屋に尋ねれば、「俺しかいないだろ?」と、わかったようなわからないような答えが返ってきた。

「ちょうど、助手が欲しかったんだよ」とも言うが、真相は不明だ。

四年にもおよぶ世界旅行の様子は、書ける部分だけブログにアップして(書けない部分も多いんだ、実は)、それが面白いというので本にまとまり、やがてそこから、小説『インディとジョーンズ』が生まれるわけだから、世界旅行は、その後の俺の人生を決めた出来事であり、古本屋はその恩人ということになる。

なのにあまり素直に感謝できないのは、なぜだろう。

旅行中、手がかかりすぎたからか?

世界旅行が終わり、俺はアパートに帰ってきたけど、古本屋は相変わらず世界を飛び回っている。そしてアパートには、いつも小学生みたいに帰ってくる。

「お腹すいた〜!」

と。

古本屋のトランクの中

黒いマリア

原始キリスト教とアフリカの土着信仰が混じった呪術本。なかなか入手できなかったが、何度かチャレンジしてやっと入手したようだ。

2巻p37

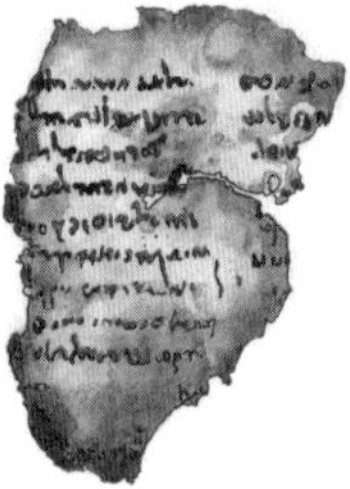

多元記述法

超有名な魔術の本。あらゆる黒魔術の内容が載っている。

2巻p37

死海文書《しかいもんじょ》

死海写本ともいわれる。ヘブライ語を含む旧約聖書の紀元前3世紀～1世紀頃の古写本。損傷が激しい。

2巻p37

探求の書

世界を旅する冒険者が書いたもの。実在しないといわれていた。

2巻p37

死霊秘法《ネクロノミコン》

アメリカの怪奇幻想作家ハワード・フィリップス・ラヴクラフト（1890-1937）の作品に登場する魔道書。

2巻p38

クトゥルー神話

ハワード・フィリップス・ラヴクラフトの恐怖小説を体系化したもの。いろいろな化け物の実在を証明したもので、化け物たちの召喚法《しょうかんほう》が記されている。

2巻p46

ソドム百二十日

貴族でもあったフランスの作家マルキ・ド・サド（1740-1814）が、獄中で書いた草稿。倒錯《とうさく》した性を描《えが》く。

2巻p40

毛皮のヴィナス

オーストリアの作家ザッヘル・マゾッホ（1836-1895）の代表作。「マゾヒズム」は、彼の名にちなむ。

2巻p40

法の書

トート・タロットの考案でも知られる魔道士アレイスター・クロウリー（1875-1947)が書いた魔道書。日本でも発売され、ちょっとした騒動になった。 2巻p45

ボイニッチ写本

「驚異博士」の異名を持つ13世紀の哲学者ロジャー・ベーコンが書いたものらしい。1912年に、古本屋のボイニッチが、ある寺院で写した。

2巻p40

小《プチ》ヒエロゾイコン

一見、タロットの画集。異次元から呼び出した22匹の妖魔を封じた魔道書。古本屋から夕士に贈られた。

2巻p58

ヒエロゾイコン

大魔道書。大魔道士が、異次元より召喚した78匹の妖魔を封じこめた本。

2巻p58

古本屋のトランクの中

江戸時代末期の処刑画

現代における検死報告書。内容は、生首と死体のオンパレード。

📖2巻p177

七賢人の書《セブンセイジ》

7人の魔道士の力が封じられている。古本屋は、それらの魔道士を自由に使うことができる。

📖2巻p172

植物の園

進化論を唱えたチャールズ・ダーウィンの祖父、エラズマス・ダーウィン（1731-1802）が書いた植物が主人公の物語。

📖9巻p16

地球空洞説

20世紀の科学者ウィリアム・リードの奇書。地球に極はなく、巨大な穴があると唱えている。

📖9巻p16

見よ！

6万項目の怪奇現象を集めた一冊。アメリカ生まれの超常現象研究者チャールズ・ホイ・フォート（1874-1932）著。

📖9巻p16

クリとシロ

クリの部屋っていうのは無くて、クリは自分の意思（?）で、現れたり、どこかへ行ってたりする。食堂にいたかと思えば、俺の部屋で寝てたり、一日中そばにいたかと思えば、二、三日姿が見えなかったりするんだ。どうしてなのかは不明。クリは口がきけないからな。

それでも、昔に比べれば、クリの表情は豊かになったし、いろんなことをするようになったと、みんな言う。クリがそうなった最大の功労者は、長谷だ（含む、俺。と、詩人は言うけど）。

長谷の何がクリの気に入ったのかは、わからない。詩人は、

「ハンサムだからでしょ」

と言う。

意外な答えのように思えるけど、実は、クリは「面食い」なんだそうだ。俺や長谷が

来る以前にも、クリはもちろんアパートの住人になついていたわけだが、その中でも、秋音ちゃんや茜さんは別として、クリのお気に入りは、画家と龍さんだった。そう言われれば、よく画家や龍さんにくっついてるなあと思う。長谷がデレデレしすぎていて意識しなかったけど。

子どもって、わりと乱暴なことをするだろ。クリもそうで、画家や龍さんが、よく髪の毛を引っ張られてたり、顔を叩かれてたりした。

クリがまいた節分の豆に足をとられて、龍さんが派手に転んだこともあったし（クリがわざとまいたわけじゃないだろうけど）、龍さんの手に貼られてた絆創膏《ばんそうこう》を、いきなり剝《は》がして流血させたことや、あのきれいな長い髪に餅をくっつけたこととかもあったなぁ。画家に強制的

クリのプロフィール

身長	65cmくらい
体重	？（やせている）
好きな食べ物	甘い玉子焼き。しかし、栄養は薬屋のペロペロキャンディで十分
嫌いな飲み物	炭酸ジュース
好きな遊び	絵を描くことと、ゲームの画面を見ること

シロのプロフィール

犬種	メスの雑種
好きな食べ物	基本的に食べないが、クリのものをわけてもらうこともある
好きな遊び	たまに、シガーと遊んでいる。シガーのほうから「あそぼ！」と誘っているらしい

にクリームコロッケを食わせて、口の中を火傷《やけど》させたとか、二日酔いで寝こんでいる画家の布団にもぐりこんで、無理やり起こすとか……、こうしてみると、けっこう酷いな。

そういうことは、俺や長谷が来る以前からしていたんだろうけど、俺と長谷が来るようになって、より派手になったというかなんというか……。どういう影響なんだろう？長谷のように、親バカ丸出しでクリを可愛がる人はいなかったから、きっとそれが影響しているんじゃないかと、俺は思う。子どもって、そういうことにすごく影響されると思うから。

長谷の中に「親バカマイホームパパ」が存在していたのは、びっくりだけどな。子どもに対してもクールなんだろうと思っていたから、あの変貌《へんぼう》ぶりには呆れたぜ。でも、クリに対してだけなんだよ。それはなぜだと長谷に尋ねたら、長谷もわからないと言った。

「なんか知らんが、無性に可愛いんだ」

と。

それが、クリの抱えている事情からくるんなら、ちょっと哀しいけど。

でも、そういうことがなくても、クリは可愛い。これは事実だ。胸にすっぽり収まる、あの小ささ、あのくりくりの目。短い髪の毛を触るときの感触も好きだ。両手をあげて廊下を走っていく後ろ姿も好きだな。

シロのお母さんぶりには、いつも感心する。

いつでもどこでも、クリのそばから離れず、その視線は、常にクリを追っている。クリの枕になり、クリの毛布になり、顔や身体をなめ、服を噛んで引っ張って、行動を制限したりもする。保護者としては完璧だ。不幸なクリの生《お》い立《た》ちの中で、唯一の救いとなってくれたシロに、俺は思わず「ありがとう」と言ってしまったことがある。そう言って頭を撫でてやると、シロは気持ちよさそうに、目を細くした。

今、この一人と一匹は、祐樹《ゆうき》と大樹《だいき》という双子の兄弟として、やさしい両親のもとに生まれ、育っている。「クリ」と「シロ」がいなくなったのは寂しいけど、二つの魂がやっと救われ、本当に幸せになれたことを喜ばずにはいられない。

薬屋

へのへのもへじの面って、なんだよソレ。って、感じで。

いや、問題はへのへのもへじじゃなくて、「なんで面をつけてるんだ?」ということであって、

「いや、これはお恥ずかしい。そうなんです。お面なんですよ～」

って、聞きたい答えは、それじゃない!

なんで、誰も突っこまないんだろう? 突っこんだらダメなのかな?

そう思っていたら、のちに、まり子さんが勤める妖怪託児所「鶴亀園」の園長が、同じような「面をつけているもの」だったので、これは、

「面をつけている種族、というのがあるんだな」

と、納得した次第だ。納得せざるをえないだろう。妖怪アパートなんだから。

昔ながらの「行商人」の格好をしているのは、その頃からのスタイルが変わっ

ていないからだろう。こういう、妖怪の商売人は多い。大八車を引いて野菜を持ってくる奴とかな。妖怪の世界は、時間が進むのが遅いからなんだろうか。でも、この薬屋は、新しい医療用品も取り入れてる。水をはじく絆創膏とか、サポート包帯とか。ゆっくり進む時間の中でも、勉強はしてるんだろうな。

「ここ十年ぐらい、人からのご希望も増えてます」

と、薬屋が言っていたのを思い出す。人間からの要望は、ますます増えていってるんだろう。薬屋が持っている薬は、すべて自然の材料から作られたものだからだ。人間世界の医術は日々進歩しているけど、アレルギーや原因不明の病気も、日々増えている。人間世界は、この先どうなるのか、漠然《ばくぜん》と不安になる。もっと、自然体でゆったり暮らせないだろうか。

擦り傷、切り傷などに効く「百足油《むかであぶら》」と、胃腸薬の「王獏《おうばく》」は、すごくよく効いた。さすがと言おうか。

薬屋の柳行李《やなぎごうり》

百足油

ムカデが死ぬときに出す毒素を使った傷や火傷の塗り薬。平たくてまるい銀の缶に入っており、黄色っぽい。 2巻p25

王獏

胃腸薬。1回分の3粒が包まれている。白湯《さゆ》で飲む。 2巻p25

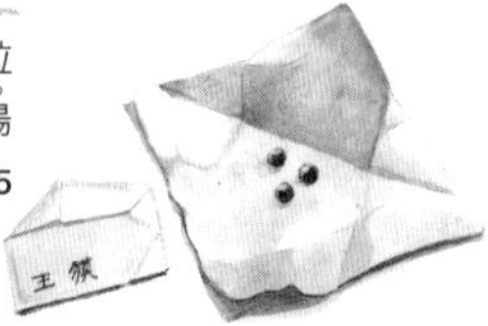

瓶入りの根っこ

高麗人参酒《こうらいにんじんしゅ》。虚弱体質改善や滋養強壮《じようきょうそう》によい。

2巻p25

変な色の液体

葛根湯《かつこんとう》。風邪のひきはじめや、肩こりなどに効く。 2巻p25

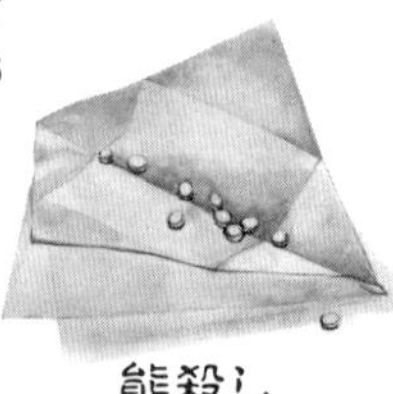

セミの抜け殻

粉に挽《ひ》き、軟膏《なんこう》と混ぜると、中耳炎の薬になる。

2巻p26

熊殺し

精力剤。 2巻p25

ヤモリの黒焼き

古代中国では媚薬《びやく》とされた。効能はないらしい。

📖2巻p27

蛙《かえる》の目玉

呪術に使う。

📖2巻p27

蝙蝠《こうもり》の羽

呪術に使う。

📖2巻p27

毒蛇《どくへび》の肝《きも》

呪術に使う。

📖2巻p27

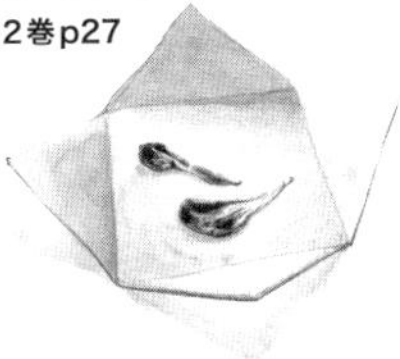

市販の絆創膏

便利な医療品は、最新のものを取り扱う。この他にサポート包帯もある。

📖2巻p28

イモリの心臓

イモリは心臓の組織も一部再生することができることから、心臓を干して薬にした。 📖2巻p27

イモリ

呪術に使う。

📖7巻p152

芭蕉《ばしょう》

イモリと芭蕉をすりつぶしたものを雷馬の赤ン坊タマに与えて、栄養をとらせた。

📖7巻p152

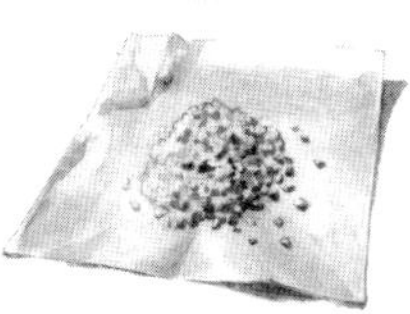

骨董屋

うさんくさい。怪しい。信用ならない。油断ならない……。

そういう男です、骨董屋っていうのは。だいたい、見た目がアレだからな。

まず、片目眼帯っていうのが、そもそも怪しい。その理由が「妖精王に捧げた」とか言うのが、ますます怪しい。

いつでもロングコート姿なのが、怪しい。

どこからどう見ても外国人なのに（目玉灰色だし）、日本語がペラペラなのが、すっげー怪しい。

「私は、東洋生まれ、東洋育ちなんだ」

と、「東洋」って単語を使うところが怪しい。箸《はし》を上手に使うのも、怪しい。

正体不明の「召し使い」を連れているのが、最高に怪しい。

と、まぁ……何もかもが怪しくて、信用できるところがまったくないのが、骨

董屋なんだ。

だから、骨董屋が持ってくる「ユニコーンの角」だの「人魚の涙」だの「妖精王の夢見の石」などは、信用できない。「全方向型立体映写機」も、実物を見ても、やっぱり信用できないんだ。

と言うわりに、「龍さんの髪の毛入りペンダント」は、今でも大事に持ってるけど。だって「龍さんの髪の毛」は本物だからさ。ヨーロッパの貴族の奥方なら、何十万円から何百万円だって出し惜しみしないものを、無料《ただ》でもらえてよかったなぁと、しみじみ思ったり。

でも、骨董屋が話す嘘かホントかわからない「土産話」は、嘘かホントかわからないからこそ、いつも抜群に面白い。あれをまとめて、本にできないものかと思ってしまう。

骨董屋のプロフィール

身長	190cmくらい
体重	90kgくらい
出自	東洋生まれ、東洋育ち（おそらく上海《シャンハイ》かマカオ）のヨーロピアンらしい
趣味	仕事が趣味みたいなもの
好きな食べ物	和食でも洋食でもOK
好きな飲み物	ワイン
煙草	マルディシオン（霊草《れいそう》でつくった葉巻）

骨董屋が吸ってる煙草は、細くて長い葉巻だ。金のシガレットケースから、優雅に取り出して、マッチで火をつけて吸う仕草が、やっぱり怪しいんだけど、あの煙草、不思議と煙草臭くなくて、なんだかハーブっぽい香りがするんだ。聞くと、魔術的に特別な煙草らしい。

魔術的に、というのは、あの煙草は、魔術が使える特殊な職人が、霊草から作っている「マルディシオン」というブランドもので、そういうブランドものが、他にもいろいろあるんだそうだ。革製品とか、靴とか。

「マルディシオン」は、退魔《たいま》の力があるらしい。冥界《めいかい》のものは、煙を嫌うんだそうで、魔道士で煙草を吸う者は多いとか。

ちなみに、画家が吸っている煙草は「キャメル」、古本屋は「マルボロ」、佐藤さんが「ホープ」だ。アパートは、喫煙率が高い。そのわりに、あまり煙草臭くないし、壁とかが汚れていないのは、煙草の煙を食う妖怪がいるからだ。

古本屋と同じく、骨董屋も世界中を旅してて（骨董屋の場合は、次元も行き来しているみたいだけど）、アパートには、あまりやってこない。部屋もどこにあるかわからない。あの骨董屋が、アパートの部屋でくつろいでいる姿は想像できないな。第一、召し使いどもが、部屋に入りきらないだろう？

あの召し使いども。骨董屋によれば、「かのアルベルトゥス・マグヌスの技術を、魔術的にアレンジした自動人形《オートマタ》」とか、「パラケルススの人造人間《ホムンクルス》」とか、それはまあ、どうでもよくて。っていうか、よくわからないし。

あいつらは、ただの荷物持ちじゃなくて、いざというときは、ボディガードにもなる。それに、アンティークな鏡とか蛇口とかを持ってきて、アパートの女湯に取り付けたのもあいつらというから、万能なんだ。ちょっとうらやましい。きっと、「プチ」より役立つ。


妖怪アパートにもかかわらず、住人たちが普通に暮らしている日常に、骨董屋が絡むと、とたんに「異次元のブツ」だ「ヴァチカンの奇跡狩り」だと、荒唐無《こうとうむ》稽《けい》な事件が起きる。これこそが、骨董屋の骨董屋たるゆえんってやつだな。

骨董屋の怪しい品々

人魚の涙

美しいブルーのペンダント。秋音ちゃんへのお土産として渡された。

📖1巻p78

ユニコーンの角

するどい一角を持つといわれる架空の動物の角。ネックレスになっている。長谷が、6万円で購入した。

📖1巻p78　4巻p120

古伊万里《こいまり》

江戸時代に現在の佐賀県《さがけん》・有田町《ありたちょう》を中心とする地域で作られた磁器。

📖1巻p79

ソロモン王の魔法の指輪

古代イスラエル王国の王、ソロモンが所持していた指輪。魔力を持っている。

📖1巻p79

ドラゴンの目玉の塩漬け

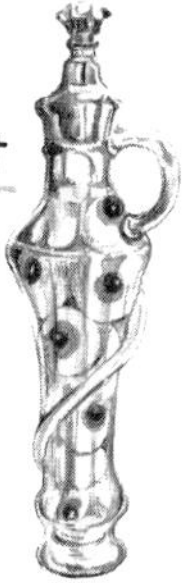

実物とは思えないが、気味が悪いので、つまみとしては不評だった。

1巻p148

ハーブっぽい香りのする細身の葉巻

骨董屋の私物。マルディシオンという細い葉巻。

1巻p81

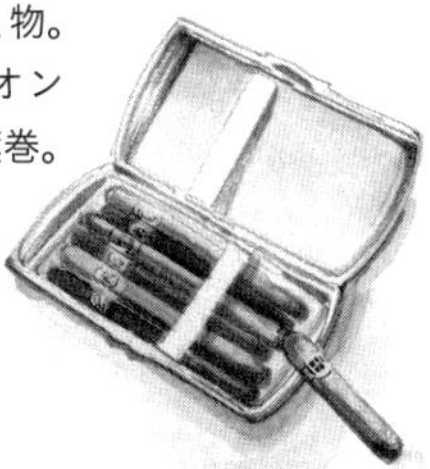

バートリー伯爵夫人の生き血

ハンガリー生まれの残忍な殺人鬼の生き血。中身はただの赤ワインだろう。

1巻p180

妖精王の夢見の石

出所は不明だが、これを握った夕士は、よく眠れたようだ。

1巻p155

龍さんの髪の毛入りペンダント

龍さんの髪の毛を盗み、水晶と台座の間にはさみこんで販売。夕士は餞別《せんべつ》としてもらった。

1巻p183

全方向型立体映写機

単純に映写するだけではなく、風を感じられそうなほどリアリティのある映像を映しだす機械。

4巻p172

ヌードハガキ三枚セット

スウェーデン製なので、無修正。ユニコーンの角のおまけ。

4巻p123

二〇一号室　長谷泉貴

ここは、長谷の部屋。

長谷は、今はマンションに一人暮らししてるから、ここは、いわば別宅だな。どうも、高校を卒業した直後からキープしてたみたいなんだ（ぜんぜん知らなかった！）。ここの家賃なんて、長谷にとっちゃ小銭みたいなもんだからさ。

俺が世界旅行をしている間は、週末にはアパートに来て、クリの世話を焼いてたらしい。その頃から、この部屋には私物をちまちま揃えてて（好きな本とか、パソコンとか）、俺がアパートに帰ってきたときは、すっかり「長谷の部屋」になってた。カーテンとかカーペットとか置き時計とかが、いかにも高級品ってとこが長谷の部屋らしい。

でも相変わらず、寝るときは俺の部屋へ来るんだ。お互い身体がでかくなって、一つの布団に寝るのは前よりずっと窮屈《きゅうくつ》なのに。クリも、どうしても三人で寝たがるんだよなあ。

ガキの頃から、長谷には、本当に世話になった。本や文具や、服なんかもたくさんもらったし、一緒にいるときは必ず飯をおごってもらったし、それは今も変わらない。長谷は当然のように金を出すし、俺も当然のようにおごってもらう。もはや、習慣だな。

俺の書いた本が売れて、俺もそこそこ金を持つようになったけど、それでも持ってるものは長谷のほうが上だもんなぁ。それまで貯めてた額が違うから。長谷は、高校生の頃から「資金運用」ってやつをやってたんだぜ。高校生が、だぜ。それは、長谷の親父《おや》っさん、慶二《けいじ》さんが、修

長谷のプロフィール

身長	約180cm（現在）、171cm（高2）
体重	約70kg（現在）、約60kg（高2）
血液型	AB型
星座	蠍座《さそりざ》
趣味	読書。実用書を好み、話題の本は、すべて斜め読みでチェックする
好きな飲み物	コーヒー
嫌いな食べ物	イワシなど青魚
煙草	フィリップ モリス
愛車	BMW6シリーズのカブリオレ（現在）、カワサキ・ニンジャZX-9R（学生時代）
特技	合気道
本の読み方	中断するときは、きちんとしおり紐《ひも》をはさむ

業のためにやらせていたからだけど。

慶二さんのもとで、ウルトラハイパービジネスマンになるため、地獄の修業を積んできた長谷だから、慶二さんの会社を乗っ取るっていう当初の目的はやめて、自分が社長になって会社を興《おこ》すことに方針転換しても、成功するってわかってた。長谷のもとには、それまで集めてきた人材が揃っていたし、それぞれの得意技を活かして、貿易、ネット販売、カフェの経営とか、不動産も手がけている。

たとえば北城《きたじょう》は、本人が言っていたように、得意の英語力で世界相手に貿易の仕事をしている。白川《しらかわ》はその秘書（あいつも、実はすごく頭がよかった）。同じく後藤《ごとう》は、長谷社長のスポークスマンをやってる。

また、高校の頃、剃りこみ入れてヤンチャしてた奴ら（北城の手下どもとか）が、移動式のコーヒースタンドで真面目に働いているのは感動ものだ。長谷の会社は、こういう奴らの「受け皿」でもあるんだ。

それら異業種をまとめて運営する力が、長谷にはあるんだな。いや、わかってたけど。

長谷の会社には、田代がコンサルタントとして参加してて、表の情報やら裏の情報やらを駆使《くし》して、長谷を助けている。

そんな長谷だから、経済界からもマスコミからも注目されて、経済誌はもちろん、女性向けファッション誌なんかに、でかでかとした写真入りで紹介されたり、またその写真ってのが、高級スーツをバッチリ着こなして、ＢＭＷから降りてくる姿がカッコよすぎて笑えたり、嫌だ嫌だと言ってるくせに、趣味から物腰まであまりにも慶二さんにソックリで、さらに笑えたりする。

仕事は大変そうだけど、だからこそ、長谷はアパートへ足繁《あししげ》くやってくる。きっと息抜きに来てるんだろう。アパートは、ずっと変わらない場所だから。常に前進し、変わり続けている長谷にとって、ほっとできる時間と空間なんだ。クリは、もういないけど。

でも、祐樹《ゆうき》と大樹《だいき》がすぐ近くにいる。二人の成長を見守ることは、長谷にとってこのうえない喜びだろう。

祐樹と大樹がアパートに来るっていう日は、長谷はもう腕いっぱいどころか、部屋を埋めつくすぐらいのプレゼントを用意して待っている。二人を甘やかしまくっているダメパパぶりが、目下の長谷の「問題」だ。こんな姿、北城たちには見せられないよ、ホント。

長谷家の人々

家族全員がライバル！　超優良大企業の経営者一族である長谷家は、つねに争いが絶えない。そんな長谷家のバトルロワイアルを観戦しよう。

叡仁《あきひと》

長谷財閥の後継者。子どもの頃から特別扱い。慶二をはじめ異母弟妹４人を見下していた。金儲けや事業の拡大、権力の増大に燃えるが、商才はない。

瑞羽《みずは》

大物政治家の娘で、名門のお嬢さん育ち。ふわっと柔らかくてとても可愛い女性だが、じつは図太く、行動力がある。にっこり笑って長谷をコキ使う。

第一子

汀《みぎわ》

涼《すず》やかで聡明《そうめい》な美人だが、ガッツと腕っぷしは父譲り。合気道有段者で、長谷はこの姉にケンカでも合気道でも勝ったことがない。慶二の第一秘書、結城《ゆうき》一馬《かずま》に片思い中。

長谷恭造《きょうぞう》

10代の頃、仙台に現れ、美貌《びぼう》と殺気、野心を抱え、一代で財を成した。多くの系列会社を抱えた長谷財閥《ざいばつ》を作り上げ、かつては財界の怪物とまで言われた。傲慢《ごうまん》で、なんでも自分の思いどおりになると思っていた。

事業拡大の道具としか思っていない。しかし限界に気づいた。

長男

ほぼ絶縁状態だった。恭造は徹底的に無視し、慶二は相続権を放棄した。

次男

「バカ兄貴」と言い放つ。恭造に利用されていただけの兄を哀れに思う。

慶二《けいじ》

超優良大企業で重役を務めるウルトラスーパービジネスマン。とにかくおしゃれでかっこよく、女性にモテる。父恭造の商才を受け継いでいるが、本家を飛び出し、自分の力でのし上がった。

夫婦

ビジネスマンになるための課題（地獄の修業）を与えていた。

第二子

泉貴

頭脳は明晰《めいせき》、器用で容姿も申し分ない。金と遊びには不自由しないのに、しっかり自分の世界を創って、等身大で生きている。女性にモテるだけではなく、リーダーシップがあり、金持ちであることを鼻にかけないので、慕う男が多い。

汀と一緒になって徹底的にコキ使う。

何をやっても勝てない。奴隷状態。

二〇二号室　稲葉夕士

今の俺の部屋。

このアパートに来たときから、ほとんど何も変わらないけど、机の上には仕事の道具であるパソコンがある。本棚には、俺の作品が並んでいる。

本棚には、他に、両親の位牌《いはい》。アルバム（めったに見ないけど）、世界旅行中に手に入れた、ごちゃごちゃしたもの（マヤの人形とか、エジプトの蠍の置物とか）が置かれている。

だいたい敷かれっぱなしの布団、ミニちゃぶ台の上には、コーヒーマグと灰皿（ちなみに、煙草はマイルドセブン）。読みかけの本、主に実録犯罪もの。

窓のステンドグラスから射しこむ光が、あの頃と変わらずきれいだ。そこから部屋を覗きこんでくる小鳥たちも、変わらない。

俺は、朝は八時頃起きて、ちゃんと朝飯を食う。るり子さんの飯は食い逃したくないからだ。うまい朝飯をのんびり食べて、のんびりモーニングコーヒーを飲んで、詩人とのんびりしゃべりながら、朝のワイドショーとか見たり、新聞を読んだりする。ああ、会社勤めじゃなくてよかったなあと、こんなときは思う。

それから仕事をちょっとしたら、もう昼飯時で。るり子さんの激うまランチを堪能《たんのう》して、仕事が忙しいときは仕事に戻るけど、そうじゃないときは、長谷と遊びに行ったり、剣崎《けんざき》運輸へ顔を出して、ついでに働いて身体を動かしたりする。

長谷は相変わらず、忙しい社長業のかたわら、アパートにしょっちゅう出入りしている。なにせ、アパートに「別宅」を持っているくらいだからな。

祐樹と大樹もよく来るし、そうそう、俺、子猫を拾ったんだ。こいつが来て、しばらく静かだったアパー

夕士のプロフィール

身長	約180cm（現在）、約170cm（高2）
体重	約80kg（現在）、約55kg（高2）
血液型	A型
星座	蟹座
趣味	読書、映画鑑賞、ウォーキング
好きな本	犯罪小説、時代小説、アクション小説
嫌いな食べ物	なし。そんなぜいたく言ってらんねぇ！（育った環境がそうさせた）
煙草	マイルドセブン
愛車	歩き。または長谷が迎えに来る！
時計	国産のフツーのでいいんだけど、長谷が高級時計をくれる
座右の銘	子どもの頃は「忍耐」

トが、また賑やかになった。

夕飯時にアパートに戻ってきて、るり子さんの激うまディナーを堪能した後、飲み会に突入しないときは、コーヒーを持って仕事に戻る。たまにフールがご機嫌伺いに顔を出す。

俺の、作家としての一日は、こんなとこかな。


この生活パターンに慣れるまで、何年かかっただろう。小説家になるなんて思ってもみなかったから、最初はずいぶん戸惑った。俺がアタフタしている間に、詩人がどんどん話を進めていって、気がついたら、新人賞なんか受賞してました、みたいな。

俺自身、当初は、こんなのでいいんだろうかとか思ったこともあったけど、詩人が言ったんだ。

「それを続けられるか否《いな》かだよ」

と。

続けられているから……よしとするか？

『インディとジョーンズ』シリーズは、おかげさまでずっと続いている。漫画にもアニメにもなって、映画化の話も具体的になってきた。

この先、はたして俺は、ずっと作家を続けるのか、それともまた「運命の天使」が舞い降りて、劇的に人生が変わるのか、それはわからない。

俺は、すべてを受け止めるだけだ。

受け止めて、乗り越えるだけだ。


龍さんが、いつか言った。

君が、自分で選んだ運命をどう背負っていくのか……ずっと見ているよ。


龍さんがそう言った「俺の運命」の、その結果がどうであろうとも、俺は龍さんに言いたい。

「見てくれていますか?」

と。

二〇三号室　龍さん

君の人生は長く、世界は果てしなく広い。肩の力を抜いていこう。

龍さんが言ってくれたこの言葉は、俺の胸にストンと落ちた。この言葉が、俺のすべてを変えてくれたと言ってもいい。それまでの俺の、幼稚《ようち》なゆえに頑《かたく》なな殻は、パリンと、いともたやすく割れた。それほどの力を、この正体不明な長身の美青年は持っている（年齢不明）。

龍さんの部屋は、空き部屋みたいに何もない。無駄を省いたシンプルな暮らしを好んでいる……わけでもなくて、どうやら「本宅」は、別にあるみたいなんだ。ここは、ほぼ「寝るだけ」の仮屋《かりや》というか、休憩所というか。

龍さんといえば、ベッドで優雅に寝てるイメージがあるだろ？　でも、アパー

トの部屋では、俺と同じような、普通の布団で寝起きしている。寝るときも、シルクのパジャマとかじゃなくて（俺のイメージも偏《かたよ》ってる?）、Tシャツと綿パンだし、そういう格好でウロウロしてたりするし、なんかこう、いつも黒の上下で、芸能人みたいにビシッと決めているスタイルを常に貫いている……わけじゃない。

霊能力者、しかも高位の霊能力者という、特殊な人種であり、深い知識と高い知性、品も教養も身につけた（そのうえ美形な）完璧な大人には違いなくて、でも、とても等身大の人間で、理想だけを語らない、ときにとても厳しい人。本当なら、ちょっと近寄りがたい、一歩引いて、憧れの眼差《まなざ》しでそっと見つめるしかできない……というような人なんだ……けど。

龍さんのプロフィール

身長	180cmくらい
体重	不明
趣味	場末の映画館で安い映画を観る
好きな食べ物	日本酒、ワイン、シャンパン
嫌いな食べ物	なし。師匠のもとでの修行時代が長く、なんでも食べたから
家事	掃除、洗濯、縫い物、なんでもできる。師匠のもとでなんでもやったから
煙草	吸わないわけではないが、普段は吸わない
外出時の服装	少し丈の長い黒いジャケットと黒いパンツ姿、中は白いシャツ

ふと気づくと、ソファで転寝《うたたね》しているその顔にクリが貼り付いて、油性マジックで落書きしてて、慌ててやめさせたけどすでに遅くて、龍さんの、その端正な顔に、大きく「×印《バツ》」がついてしまった、とか。

シガーにのしかかられて、顔中ベロベロになめ回されているとか。

酒は強いみたいだけど、俺や秋音ちゃんについつられて食べすぎて、ぐったりしているとか。

よ〜く見ると、とても……なんというか、微笑ましい。いつでもどこでも、常に「決めている」人でもないんだと、ほっとする。

だからこそ、あの「宗教団体vs.州警察」事件の話や、「獣神憑依《じゅうしんひょうい》」事件の話を聞くと、俺たちの知らないところで、どんなすごい仕事をしているのか、想像もできないけど、本当はすごい人なんだろうと痛感する。龍さんという人が、普通の人であるからこそ、「ホントはすごいんだ」と思えるんだ。古本屋や、骨董屋より、よほど信用できると思うのは、俺の贔屓《ひいき》かな？

そうそう。龍さんって、学校へ通ったことがないんだって。びっくりだよな。

七歳のときに師匠に出会って、そこから、二十数年後に独立するまで、ずっと、一日も欠かさず師匠と修行の毎日だったっていうから、すごいよ。学校に行かずに、あの知性と教養？　って感じだ。確かに、俺の数学の教科書を見て、

「わ〜、ぜんぜんわからない」

と、笑ってたけど。

勉強って、どこででもできるんだな。そして、知識も教養も、身につくかどうかは、まったく「本人次第」というわけだ。


ちなみに龍さんは、「ウルトラマン」とか「ドラえもん」とか、そういう知識はほとんどないらしくて、そういう方面の話題で、ときどき話がズレたりするのが可笑《おか》しい。

一度、詩人の部屋に「ウルトラマン」のＤＶＤを持ってきて「観たい」と言ったらしいけど、ＤＶＤ開始十五分で寝入っちまって、追い返すのが大変だったと、詩人がグチっていた。

龍さんの名言集

時とともに、変わらないものなどないよ

今と昔、どちらが豊かで幸せなのか。その答えは出ない。すべてのものは変わっていくものだ。

1巻p97

君の人生は長く、世界は果てしなく広い。

肩の力を抜いていこう

この言葉に救われた夕士の座右の銘になった。

1巻p99

結局は……やっぱりココの問題だね

あらゆる情報や、ものがあるからといって豊かなわけではない。心のありようが大切だ。

3巻p49

すぐに答えが出ないこともある

救える人もいれば、救えない人もいる。どちらにしても時間をかけなければわからないことだってある。

3巻p170

君にその価値があるからさ

運命を乗り越えようとする意志を持つ者でなければ、龍さんは手を貸すことはない。

4巻p62

もがくこと、あがくことで、世界は広がってゆくんだ

迷って、悩んだとき、それを乗り越えようと必死になれば、たとえ解決しなくても、救いの手が現れる。

4巻p63

君が、自分で選んだ運命をどう背負っていくのか……ずっと見ているよ

自ら選んだ運命なら、それをまっとうする責任がある。その様子を見守る龍さんの言葉。

10巻p155

二〇四号室　久賀秋音

秋音ちゃんの部屋は、俺の部屋と違って八畳《じょう》ある。窓も大きくて、ちょっとお洒落《しゃれ》だ。でも、部屋のあちこちにおやつが置いてあるのが、いかにも秋音ちゃんだ。

お気に入りのお菓子のブランドは、「六角堂《ろっかくどう》」。これは、地元の老舗《しにせ》で、「バカでか餡《あん》パン」や「バカでか肉まん」のシリーズが有名だ。秋音ちゃんは、朝飯を人の三倍食った後、デザートに「バカでか餡パン」を食ったりする。

六角堂からは、最近、「魅惑のパッションフルーツ」「衝撃のウルトラレモン」「禁断のアイリッシュコーヒー」「情熱のダブルクリーム」なる、キャンディの新シリーズが発売され、秋音ちゃんを喜ばせている。

秋音ちゃんは、和歌山県出身。実家は、両親とも霊能力者で、それは家系だというから驚きだ。小学校入学と同時に、久賀《くが》流心錬術《りゅうしんれんじゅつ》の道場へ、霊能力者——それもプロの霊能力者になるために入門した。そのときにはもう、秋音ちゃんは、自分の将来についてはっきりわかっていたというか、決めていたんだな。

だから、俺の霊的トレーナーをしてくれたのも、秋音ちゃんにしてみれば当然の流れだったんだろう。秋音ちゃんの持っている知識とかセオリーは、素人《しろうと》の俺を安心させてくれた。厳しかったけど。ほんとに厳しかったけど。

久賀秋音っていうのは、小学校六年生のときに道場からもらった名前で、術者というのは、本名は伏せるものらしい。中学を卒業と同時に、鷹ノ台にある月野木《つきのき》病院（という妖怪病院）で丁稚奉公《でっちぼうこう》するために、妖怪アパートへやってきた。夕方から朝まで病院で

秋音ちゃんのプロフィール

出身	和歌山県
身長	165cmくらい（現在）、 160cmくらい（高3）
体重	50kgくらい
好きな食べ物	大盛り
嫌いな食べ物	並盛り
特技	食べ物のにおいをかぎ分ける
憧れの人	龍さん
座右の銘	羊羹《ようかん》は厚切りで！

働いて（何をしているかは不明）、病院で明け方三時間だけ寝て、朝アパートへ帰ってきて朝飯を食って高校へ通う……。あの驚異的な大食いは、そのためなんだろうか、と思う。

このことからもわかるように、秋音ちゃんは、本当にバイタリティ溢れる女子だ。

ベタベタなよなよしている女が苦手な俺は、秋音ちゃんのような女子のほうが好み……というか、助かる。一緒にいて、気が楽だ。従姉《いとこ》の恵理子《えりこ》は、本当に苦手だった。最初に秋音ちゃんに会ったときは、あまりにも恵理子と違ったから驚いた。こんな女子もいるのかと。

まぁ、秋音ちゃんは、女にしてはサバサバしすぎていて、こっちが戸惑うこともある。

というのも、アパートの風呂って、もともと男用だから、まり子さんが来て、女湯はできたけど、脱衣場は男女に分かれてないんだ。一部屋の真ん中を、大きな衝立《ついたて》で仕切っているだけで、身体こそ隠れるけど、顔とか丸見えなんだよ。俺たち男がそこで着替えていても、秋音ちゃんは平気で入ってくるんだ。

「ごめ～ん、入るね～」

と、一応、一声かけてくれるけど（まり子さんは、声もかけてくれない）。俺たちは、慌てて壁のほうを向いて、じっとする。秋音ちゃんはパパッと服を脱いで、さっと湯船への階段を下りていくんだが、脱衣場にまり子さんがいたりすると、二人でしゃべりながら着替えるもんだから、時間がかかる。俺たち男は「早くしてくれ～」と思いつつ、ひたすら壁を向いてじっとしている。

そんな兄貴な秋音ちゃんは、意外にミーハーだ。

龍さんに憧れているのは、単に先輩としてとか、同じ業界のすごい人だからとかじゃなくて、いや、もちろんそれもあるうえで……龍さんが美男子だから、という理由が、かなり大きいらしい。女の子らしい……と言ったらいいのかどうか。どうりで、千晶の写真やＤＶＤを欲しがるわけだ。

秋音ちゃんは、今、月野木病院で、人間と妖怪両方を手助けする介護士として、バリバリ働いている。

秋音ちゃんの七箇条

大食いクイーン秋音ちゃんはタフな女の子。この七箇条を守れば、秋音ちゃんのパワーにあやかれるかも？

その一

人の三倍は食べるべし

三時間しか眠らない秋音ちゃんにとって、食べることは、パワーの源。人の三倍以上は食べたいところだ。

その二

ぬか漬けだけで、もう一杯おかわりすべし

るり子さんのぬか漬けは、天下一品。一見おかずがなくなったように見えても、ぬか漬けさえあれば、もう一杯はいけるはずだ。

その三

るり子さんへの感謝の言葉を忘れずに

「きゃっ、るり子さん大好き！　愛してる！」「さっすが、るり子さん！わかってる〜〜〜!!」など、お礼の気持ちを伝えたい。

その四

朝から、ご飯は大盛りにすべし

どんぶりに大盛りのご飯を食べてこそ、一日の始まりにふさわしい食事だ。三杯は食べたいところ。

その五

ケーキの最小単位はホールである

ホール一気食いは基本。ホールにナイフとフォークをざっくりと入れて、塊で食べるのが秋音ちゃん流。

その六

薄っぺらい羊羹は追放すべし

羊羹は、分厚くカットして食べるとおいしい。どっしりとした羊羹を食べるべきだ。

その七

かき揚げはスナック感覚で食すべし

気軽にヒョイヒョイと口に放りこんで食べる。パリッカリッとした食感を楽しむための心意気が大切。

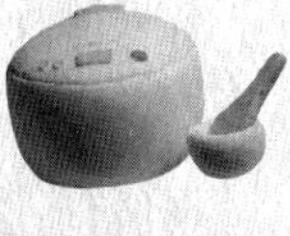

二〇七号室　大家さん

大家さんの部屋って、あることはあるけど、普段はまったく使われていないんだよな。大家さんは部屋にいなくて、いつもどこからともなくやってくる。

月末の部屋代の取り立てのときには、妖怪たちがざわめくんだ。

「大家が来た〜。大家が来たぞ〜」

って。

で、逃げる奴は、逃げる。

逃げたって無駄だけどな。大家さんは、どんな隙間からも入ってくるんだぜ（経験済み）。

大家さんは、黒い丸い大きい身体に、細くて小さい手足が付いている、なんの妖怪かは不明。でも、眷属《けんぞく》がたくさんいるらしくて、ときどき宴会などを手伝いにやってくる。

アパート内の、設備やらメンテナンスを管理しているのも大家さんだが（壊れた場所は、すぐに修理してくれる）、どうやら、アパート全体の結界（？）を管理しているのも大家さんらしくて、結界に穴をあけて、どこか別の次元に通すのも、大家さんの仕事だ。別次元の先は、大雪原だったり、ススキの原だったり、自由自在。滝場《たきば》も、あっという間にできたな～。

初めて大家さんを見たときは、衝撃のあまりひっくり返った俺だけど、あの大きな丸い身体を折り曲げて、きゅっ……って感じでお辞儀《じぎ》をする姿は、なんだかすごく可愛いと、感じるようになれたのが、いいんだかどうなんだかよくわからない。

風呂場の四景

大雪原。本格的なかまくらを作って、夕食を楽しんだ。
6巻p22

ススキの原。満月の夜にあけられ、大宴会をした。
5巻p91

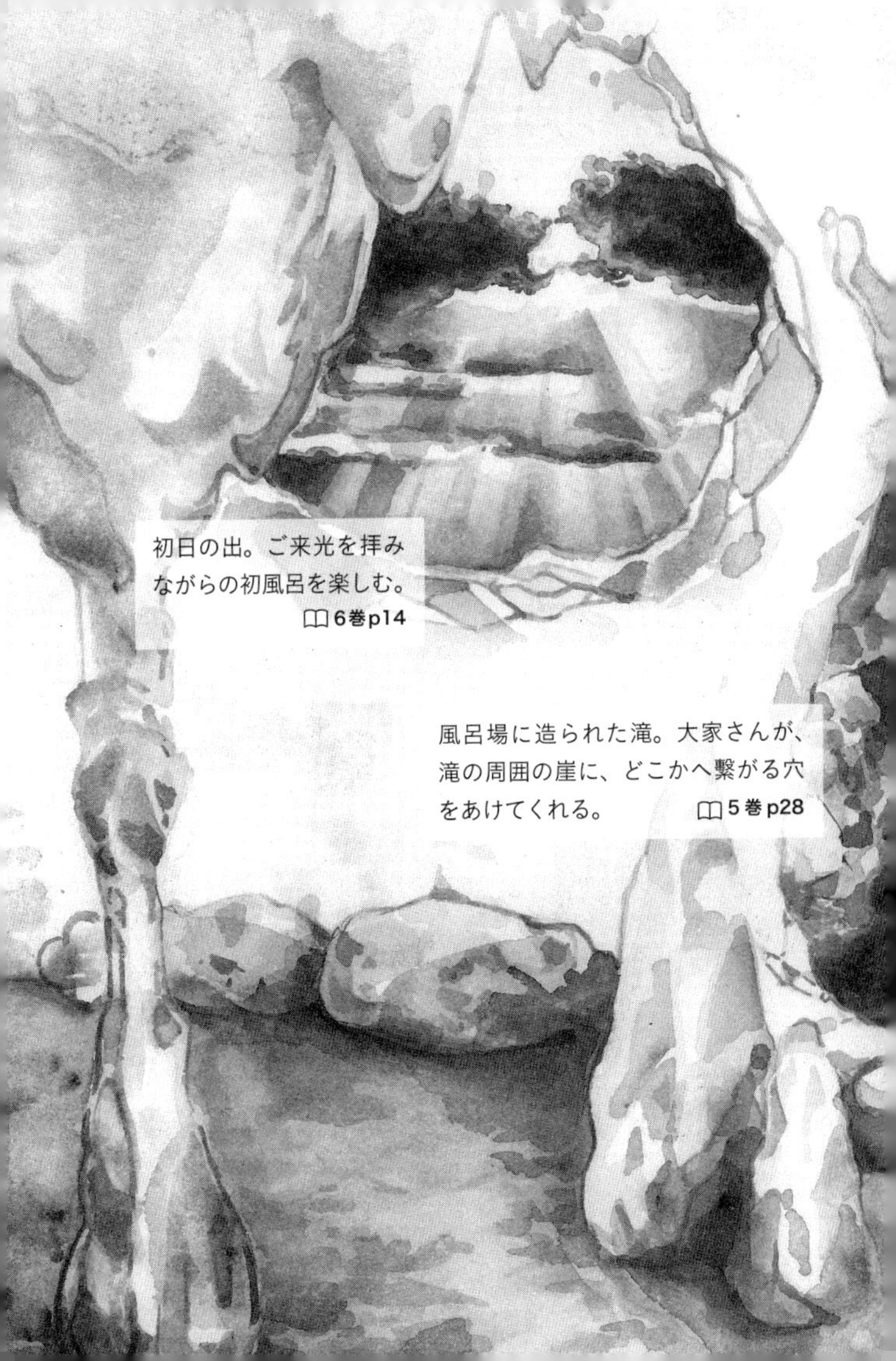

初日の出。ご来光を拝みながらの初風呂を楽しむ。
📖6巻p14

風呂場に造られた滝。大家さんが、滝の周囲の崖に、どこかへ繋がる穴をあけてくれる。

📖5巻p28

二〇八号室　佐藤さん

佐藤さんのアルバムは、ちょっとすごいぞ。

子どもの頃の写真はもちろん、高校時代のテニス部の集合写真、W大経営学部の演劇サークルの様子、旅行先の写真、そして、見合い結婚した奥さんとの結婚式の写真に、生まれた子どもの写真と……。そのディテールの細かさに、佐藤さんのこだわりを感じる。

佐藤さんの演じる「佐藤幸司《こうじ》」は、地味なサラリーマン。一つの会社を勤め上げたら、また次の会社に新入社員として入社するを、もうずっとずーっとくり返している。ただし、「容姿」は、少しずつ変えているんだ。趣味は今もテニス。誘われれば、ゴルフも草野球もする。プレーはどれも、そこそこに上手。カラオケは、演歌からロックまでなんでも歌う。どんな相手にも合わせられるように。デュエットだってお手の物だ。

いつも紺色の地味なスーツを着て、出勤の時間を気にしながら朝食をとり、仕

事は、上から目をつけられないようまあまあこなして、出世欲もあまりなく、喫煙所で喫煙仲間と肩身を狭《せば》めつつホープを吸い、部下を連れて飲みに行き、おでこをピシャリと打つ姿は、今はもう絶滅寸前の、「なつかしきサラリーマンの姿」かもしれない。

そんな、ちょっと古臭い佐藤さんだけど、部下からはとても慕われている。当然だよな。だって、そこらのお偉いさんよりも「人間の出来」が違うんだから。キャリアが違うよ、キャリアが。俺も、佐藤さんの言葉に救われた。

「悪い部分もすべては君たちの一部だ。切り捨てることはできないよ。だからそれはそれとして置いといて、君の目は未来を見るんだ」

仕事で悩んでいるとき、こういう言葉をかけてもらえる佐藤さんの部下は、幸せ者だ。

今は新入社員の佐藤さんだけど、映画好きは相変わらずで、今日も封切られたばかりの新作映画を観に行っている。

佐藤さんのプロフィール

身長と体重	中肉中背
趣味	映画鑑賞、テニス
好きな食べ物	和食
好きな飲み物	やっぱりビールでしょ！ サラリーマンですから！
煙草	ホープ
憧れの人	高倉健《たかくらけん》
会社での人柄	同僚にも後輩にも好かれる
大切なもの	同僚や後輩にもらったプレゼント。ネクタイ、ハンカチ、時計など、ぜーんぶ大事にしている

まだまだいるぞ！妖怪アパートの人々

華子さん（仮名）

いつも玄関にいて、いってらっしゃいとおかえりなさいを言ってくれる、楚々《そそ》とした日本美人の幽霊。

季節ごとに、着ている着物の柄が変わるお洒落な幽霊だ。

俺が、「寿荘にずっと住む」と決めてアパートに帰ってきたときに、初めて姿を見せてくれた。あのときは、嬉しかったな。

山田さん（仮名）

丸っこい小男風の幽霊のおっさん。食堂でスポーツ新聞を読むのが日課だ。

趣味は庭の手入れ。よく丸っこい身体をさらに丸めて、雑草取りをしている。アパートの庭には「逃げ回る雑草」とかが出るので、世話は大変らしい。

貞子さん（仮名）

痩《や》せていて、背が高い女性の幽霊。髪の毛が腰まであって、トイレとか風呂場とか水場によくいる。顔には口しかなくて怖いけどまったく害はない。でも長谷は、トイレから出たとき、その目の前に立っていたので、相当ビビッたようだ。

鈴木さん（仮名）

いつもアパートを掃除してくれているおばさん。人間の幽霊のように見えるけど、実は妖怪「あかなめ」の眷属らしい。あかなめは、文字通り「垢《あか》を舐《な》め」て掃除する妖怪だ。鈴木さんは、ちゃんと雑巾で拭き掃除をしているけどね。

鬼たち

いつも居間の衝立の向こうで、無言でマージャンをしている。ずんぐりした着物姿で、一つ目で、口には大きな牙が生えている。いわゆる「絵に描いたような鬼」だ。なぜ、いつも寿荘でマージャンをしているのかは、不明。何か、魔術的な意味があるらしい。

又十郎さん

熊野《くまの》の山奥の隠れ里に住むマタギで、一つ目の巨人だ。アパートに時々やってくるお馴染みさんで、そのときは、よく狩りの後だとかで、猪肉《ししにく》などをどっさりお土産にくれる。別に幽霊や妖怪というわけではなく、俺ら普通の人間とほんの少しちがうだけの種族らしい。

桔梗さん

見た目は猫娘そのもの。でも、相当年を経た妖怪で、佐藤さんの知り合い。秋音ちゃんの代わりに、俺の修行のトレーナーを引き受けてくれた。

　イラズ神社裏明神の、千年生きているという猫又《ねこまた》のオババ様と何か関係があるみたいだが、その眷属だろうか。だとしたら、とても「由緒《ゆいしょ》ある妖怪」ということになる。そのわりには、気さくなばあちゃんだ。

茜さん

茜さんは、犬族の神様「大神様《おおかみさま》」に仕える山の犬、つまり狼だ。大神に直接仕える霊獣のうちの一頭で、普通の犬より身分が高いから、茜さんがアパートにやってくると、近隣の犬族たちが挨拶にきたりする。

　最初に、大神にクリの命乞いをしたときから、茜さんはクリとシロの「お母さん」になった。クリとシロをアパートに連れてきて、クリの母親がクリを殺そうとやってくるたびに、その前に立ちはだかって、クリを守った。

　クリとシロが無事成仏し、人間の双子として生まれ変わってきて幸せに過ごしていることを、一番喜んでいるのは、茜さんかもしれない。

妖怪アパートの幽雅な日常

番外編

長谷

泉貴は、突然父慶二から「ロンドンへ行ってこい」と言われた。仕事だった。

「先方に、この書類に目を通してもらって、OKもらってこい。お前も読んどけよ。質問に答えられるようにしておけ」

と、書類の束を渡された。

「そんなもん、航空便で送りゃいいじゃねぇか」とか「大学は休みじゃないんですけどー」とかいう抗議は、するだけ無駄だとわかっていた。

慶二が「やれ」と言ったら、やらねばならないのだ。

さらに慶二はサラリと、

「夜の便で発《た》って、明日戻ってこいよ」と言った。

つまり、今夜発って、明日ロンドンに着き、その日のうちに向こうを発つ。零泊《れいはく》三日の弾丸ツアーだ。

「ワールドカップを観に行くサッカーファンじゃね――っての!!」

と、泉貴は絶叫した。心の中で。

慌《あわ》ただしく、必要最小限のものだけを用意しに帰宅する。

自分の部屋で、ふと机の上のパソコンが目に入った。

「そういやあ、稲葉が今フランスにいるんだっけ。確か、一昨日《おととい》スペインにいて……これからフランスに行くって、ブログに……」

親友の稲葉夕士が、世界旅行中だ。泉貴が餞別に贈ったパソコンで、旅行の様子をブログでレポートしている。南米、北米、アジア、アフリカ……。それは、当初の予定よりもずっとすごい大旅行、大冒険となった。ブログの更新は毎日ではないものの、更新時にはたくさんのデジカメの画像が上がる。そこで元気そうな姿を見ることはできるし、メールや携帯で話もできる。遠く離れてしまった……という感じはしない。

それでも、泉貴は、自分がロンドンに行けば、ユーロスターで数時間の場所に夕士がいると思うと、

「会いたいな……」

と、思った。

連絡をとろうと思えば、すぐにでもとれる。

――そっちへ行くよ、稲葉。パリ北駅で会おう――

「いやいやいや……」

泉貴は、首を振った。

そんな時間はとてもない。

第一、泉貴は「仕事」で行くのだ。その仕事の合間に夕士に会いに行くなど、慶二にバレたら何を言われるか。想像するだけでウンザリする。仕事中だろうがなんだろうが、やりたい放題の慶二だが、他人には、特に泉貴には非常にキビシイのである。

「ふっ」と、泉貴は小さく溜め息をついた。

荷物を持って、ロンドンへと発った。

飛行機のファーストクラスは快適だったが、泉貴はずっと書類と睨みあっていた。

そして翌日の午後には、ロンドンの中心街で先方と会い、書類に無事OKをもらった。仕事がすんだのは、夕方だった。

夕食を一緒にと誘われたが、泉貴は飛行機の時間があるのでと辞退した。本当は、出発するまでには少し時間があったが、とにかく疲れていた。

黄昏《たそがれ》のテムズ川沿いを歩く。

川沿いの雰囲気《ふんいき》は落ち着いていて、観光客の姿もなく、とても静かだった。散歩する人、ベンチに座る人の姿も、しっくりと風景にとけこんでいる。泉貴の、疲れてささくれ立った気持ちがやわらいだ。

百メートルほど歩いて、タクシーを拾う。

「ヒースロー空港へ」

早めに空港に行き、食事をしようと思った。


ロンドン。ヒースロー空港。

泉貴は、案内図の前でレストランを探していた。飛行機に搭乗《とうじょう》するまで二時間ちょっと。酒を飲んでのんびり……と考えていたそのとき、

「長谷!!」

聞き慣れた声に、ハッとした。

振り返ると、十メートル先に夕士がいた。

「い、稲葉……?」

突然のことに、さすがに固まってしまった泉貴に、夕士がピョーンという感じで抱きついてきた。

「長谷―――っ！　ワハハハハハ!!」

バンバンと背中を叩かれて、泉貴は目をパチクリさせた。

「お、お前……なんでここに？」

夕士の顔が、泉貴の目の前にあった。ブログの中でずっと見ていた、日に焼け、髪が少し短くなり、ちょっと男っぽく、大人っぽくなった表情。よく見れば、夕士は身体も大きくなっていた。泉貴も成長したが、世界中をリュックをしょって旅している夕士のほうが逞《たくま》しいのは当然だった。

「俺、昨日フランスへ入ったんだけどさ」

「ああ、ブログにそう書いてたな」

「パリで、親父《おや》っさんの知り合いに会ったんだよ」

「親父の？」

「ワトソンって人」

「ああ……」

「学会でパリに来てたんだ」

ナイジェル・ワトソンは、慶二の大学時代からの友人である。イギリス人で医者。ロンドン郊外に住んでいる。

「パリのモールで会ったのは偶然だけど、ワトソンさんが俺のブログ見てくれててさ。向こうから声かけてくれたんだ。で、そのことを親父っさんにメールしたら、明日お前がロンドンにいるぞって」

夕士は、屈託なく笑った。

「…………」

「午後いちでロンドンにある会社で仕事して、夕方にはそれが終わるから、その頃ヒースローに行けば会えるかもなって教えてくれたんで、ユーロスターで来た！」

「……でも、俺……。八時の便で帰らねぇと……」

泉貴がそう言うと、夕士はさらに屈託なく言った。

「まだ二時間あるじゃん。飯でも食おうぜ。親父っさん言ってたぞ。お前は、二、三時間早めに空港に来て、酒でも飲むはずだって」

ムッとした。

相変わらず、父慶二には、泉貴のすべてがお見通しなのか。

だが、その二、三時間のために、夕士ははるばる海を越えて来てくれたのだ。

こうして直《じか》に会うのは、「あの日」空港で別れて以来——。

あれからも、二人にはさまざまな出来事が起きた。話したいことが山ほどあるけれど、それよりも何よりも、こうして元気な顔を見られたことで、もう胸は一杯になる。

泉貴は、夕士の肩にガシッと腕を回した。

「来てくれて嬉しいよ、稲葉」

疲れが吹っ飛んだ。今から飲む酒はさぞうまいだろうと、泉貴の口許《くちもと》がほころぶ。


二人は肩を組んだまま、歩いていった。

ロンドン。6：00PM——。

妖怪アパートの幽雅な日常

番外編

夕士

「そう。無事親友に会えたのだね、よかった」

その紳士は、見かけと同じような上品で優しい口調でそう言った。


巴里《パリ》。十一月。

古本屋と一緒に世界旅行をしてきた俺だけど、巴里に来てもう四ヵ月になる。

古本屋が巴里で何か用事があるらしく、「ここでしばらく暮らすぞ」と、モンマルトルにアパートを借りたのが、七月。今やパリッパリの巴里っ子の俺である。

古本屋は、何やらよく出かけているので、俺は至極《しごく》のんびり暮らさせてもらっている。

ラスベガスでは、千晶の兄貴のメグミさん家《ち》に一ヵ月ほど泊めてもらって、それまでの忙しい旅の疲れをとったもんだが、それからはまた、忙しく旅してきた。特に、北米を出たあとは、中国→インド→アフリカだったし、古本屋のヤバイ仕事とかも多かったし、秘境や辺境だらけだったから、アフリカからヨーロッパに渡ってスペインに入ったときは、ちょっと嬉しかった……てか、ほっとした。割といいホテルに泊まって、ガウディをたっぷり見て回ったたし。それからフランスへ来たんだ。

「お前は好きにしてろよ」

と、古本屋は、ほとんど毎日どこかへ出ていく。日中出ていくことも、夜出ていくこともある。

古本屋がいるときは、昼飯と夕飯は一緒に食べに出たり、部屋で作ったりした（この旅行中、俺の料理の腕も上がった）。古本屋が巴里のあちこちの店に連れていってくれたので、俺もすぐに一人で行けるようになった。

アンティークな石造りのアパルトマン。

俺はのんびり起きて、卵を焼き、バターをたっぷりぬったバゲットとコーヒーを、部屋のテラスで食べる。テラスからは、モンマルトルの町並みが見えた。落ち着いていて、時にポップな芸術家たちの街。毎日どこからか、ピアノやバイオリンの音色が聞こえる。俺たちの部屋の両側にはパリジェンヌが住んでいて、テラスに飾られた花が見えた。

それから昼までのんびりと本など読んで過ごして、ランチは馴染みの店に食べに行く。ランチの後は、散歩をしたり、美術館へ行ったり、時には観光地へ行ったり（ベルサイユ宮殿にも行ったぜ）、一泊や二泊であちこちへ小旅行したり、夜は、オペラ座でバレエや歌劇を観たり、クラブに行ったり、食材を買ってきて家でディナーを作り、ブログの更新とか旅行記の整理をしたり、近所の人たちとホームパーティをしたり……結構忙しい。

そんな俺の巴里の生活も、すっかり落ち着いたこの頃。夕食をよく食べに行く店で、お馴染みさんができた。

彼は、五十代ぐらい？の、いわゆる「ロマンスグレーのおじさま」だが、パリジャンらしく、とてもオシャレでウィットに富んだ紳士だ。よく行くその店で、一月《ひとつき》ぐらい前に相席したのがきっかけで、週一か週二顔を合わせるとき、喋るようになった。

俺の拙《つたな》いフランス語をじっくりとよく聞いてくれて、俺に教えるように喋ってくれる。だから俺は、安心していろいろ喋ることができた。

古本屋もいない夜。じゃあ、あの店に夕飯を食いに行くかと、夕闇《ゆうやみ》のモンマルトルを歩く。やわらかい明かりの灯《とも》った、オフホワイトの板張りのオシャレな店内。テーブル席に「彼」が座っている。

「やぁ、ユーシ。ボン・ソワ」

そう言って、彼はワインを俺に注《つ》いでくれる。

「今日は何をしてたんだい？」

その見かけどおりの、上品で優しい口調。若い頃は教師を、今は絵画の研究をしているという。会話にも深い知性が感じられる。

彼に導かれるまま、俺はいろんな話をした。世界旅行のこと、学生時代のこと。生まれ故郷から遠く離れた巴里の街の片隅。一人で、パリジャン相手にフランス語で、ワインなんか飲みながら自分のことを話している自分が、なんだか信じられないような、なんだか「俺ってすごくね？」と感じるのが恥ずかしいような……ちょっとくすぐったい気持ちだ。

聞き上手な彼と話すのは、心地好かった。旅行のことも、学生時代のことも、話してみると、あらためていろいろと考えたり感じたりすることができた。長谷のことや千晶のことを思い出してしみじみしたり。本当に、みんなが無事で元気でいることが嬉しかったり。

そして俺は、巴里に来たときに、ちょうどロンドンにいた長谷に会いに行ったときのことを彼に話した。

巴里のモールで、長谷の親父っさん、慶二さんの友人のドクター・ワトソンに出会い、そのことを慶二さんにメールすると、慶二さんは「泉貴がロンドンにいるぞ」と教えてくれた。俺は、ユーロスターに飛び乗って、長谷に会いに行ったんだ。

メールや電話で連絡はとりあっていても、実際に長谷に会うのは、約三年ぶり。少し大人びた長谷。いつものようにオシャレで、いかにも高級品らしいスーツに身を包み、ヒースロー空港にいることが、ドラマの俳優のようによく似合っていた。

でも喋ってみると、やっぱりあの頃の、俺が小学生のときに出会った長谷だった。嬉しかった。

たった二時間だったけど、俺たちは飲み、食べ、喋った。妖怪アパートにいるときのように。

「愛《いと》しい人なんだね」

と、彼は目を細めて言った。

その単語はちょっと笑えたが、俺は頷いた。

彼には、素直になれる。とても。

「君の宝石だ。大事にしなければ」

宝石か……。ピッタリの表現かもしれない。

日本にいたんじゃ恥ずかしいけど、ここは巴里だ。


彼が、宝石のようなワインをグラスに注ぐ。

「君の宝石に」

チンと、二つのワイングラスが澄んだ音をたてた。

俺の「宝石」は、今頃日本でクシャミをしているだろうか？

ワインに喉を鳴らしながら、俺は笑いを堪えていた。


巴里。10：00PM――。

条東商業高校へ ようこそ

高校三年間を過ごしたのが、この条東商業高校だ。

中学まで長谷としかまともに
付き合わなかった俺に
仲間ができた場所。

そして千晶に出会ったのもここだ。

高校を出たらすぐに
公務員かビジネスマンになろうと
考えていた俺は、実践的なことが学びたくて
商業高校に行ったんだが、
仲間に囲まれ、すっかり青春してしまった。

田代貴子

姦《かしま》し娘《むすめ》首魁《しゆかい》、田代貴子。

情報通で、ミーハーで、調子乗りで、お騒がせで……あと何だ？　萌え？　萌え女子代表。

秋音ちゃん同様、女にしちゃサバサバした話しやすい奴で、俺としてはすごく助かる。ただし、萌え云々《うんぬん》は別として。

田代と、桜こと桜庭桜子が、中学時代からの友人で、ウッチーこと垣内由衣が、桜庭の塾友《じゆくとも》で、それが同じ条東商に入学したことで、三人でつるむようになったらしい。

高校一年のときは、俺たちは別クラスで、俺と田代だけがクラブが一緒だった。あの頃は、桜庭や垣内どころか、田代がどういう奴かも知らなかったなぁ。

田代の、あの事故がきっかけで、田代と俺の距離がぐっと近づき、高校二年に

なって、桜庭も垣内も同じクラスにまとまったとたん、三人がやけに懐いてきたのを覚えている。なぜか、いつも同じような席順になるし。

田代も、その友だち連中もみんなそうだが、とにかく元気で、前向きで、何があっても自分の世界を閉じない、強い奴らだ。それは、強盗事件に巻きこまれて、命があぶないって状況に陥《おちい》ったときに、一番表れた。田代たち姦し娘は、手を取り合い、歯を食いしばって、恐ろしい事態に立ち向かった。そして、力を合わせてそれを乗り越えた。あのときは、本当に田代たちのバイタリティに感服したもんだ。人間とはこうでなきゃならないと、痛感した。

そういう連中が、ああいう馬力でもって、文化祭とか生徒会とか

田代のプロフィール

身長	160cmくらい
体重	ナイショ！（でも、ごく普通でーす）
星座	双子座
血液型	B型
趣味	情報収集（芸能、グルメ、お洒落から個人情報まで）
チャームポイント	大きな目、肩までのストレートヘア（毛先がちょっとカール）
好きな食べ物	肉系のがっつりしたもの、辛いもの
週末の過ごし方	ショッピング、パソコンなど（すべて「情報収集」につながる）
家族構成	父母、弟の4人家族
座右の銘	萌えは世界を救う！

を運営するんだから、振り回される千晶たちの心労は、推して知るべしだよな。まったくご苦労様だ（含む、俺）。

田代とは、クラブが同じだから、下校時は途中までよく一緒に帰る。いろんなことをしゃべりながら。中学までの俺じゃ考えられなかったなぁと、何度も思ったもんだ。

田代が、俺が落とした生徒手帳を拾ってくれて、そこに俺は、長谷と撮ったプリクラを貼ってあったんだけど、「男同士でプリクラするな」とか言われたり（するだろ？　男同士でも、プリクラ）。田代に誘われて、ラーメンを食いに行ったこともあったな。普通に「激辛ラーメン」だったんで、びっくりした。田代は、「激辛女王」だった。

そういう俺たちを見て、付き合っていると思っている連中もいたようだが、とんでもない話だ。確かに田代は可愛い女だから、俺のまわりを華やかに彩ってくれたのはそうかもしれないけど、その色はピンク……いや、萌え色だったから。

千晶と俺を「萌え目線」で見てたのには、まいったなぁ。どこをどう見たらそう見えるんだと、何度か田代に問いただしたことがあるんだが、

「すべて！　どこからどう見ても、そんなふうにしか見えない！」

と、断言された。

俺としては、千晶というのは、やたら手がかかる、放っておいたらあぶない小さな子ども……そう、クリ。ちょうどクリみたいなもんなんだ。保護者が子どもの世話を焼いているにすぎないんだよ。と、説明したこともあったが、受け入れてもらえなかった。

俺と千晶のおかげで、学校生活が楽しかったと、田代や他のみんなに感謝されたのは、よかったんだかどうなんだかよくわからない。よくわからないことが多い俺だ。


田代は、その情報通の才能を活かして、コンサルタントの仕事をしている。その顧客の一つが、長谷の会社だ。

桜庭は、志望通り、ファッション業界で働いている。

垣内が、一番早く結婚、出産するとは思わなかったなあ。

神谷瑠衣

神谷生徒会長と書いて、兄貴と読む。

条東商始まって以来の才媛《さいえん》にして、条東商で一番男らしい、男の中の男、神谷生徒会長。

ストレートの黒髪、白い肌、目元はくっきり、アンジェリーナ・ジョリーのような色っぽい唇。男なら誰でも、そして女でさえウットリする美貌。しかし、女生徒にからんでいた他校の男子をグーで殴り飛ばし、痴漢をハイキックで蹴り飛ばして撃退する、キックボクシング上級者である。ちなみに、相手を殴るときは、拳《こぶし》を守るためにちゃんと手袋をする。


この恐ろしい……いや、力強い兄貴……いや、姉御《あねご》が、千晶をすっかり気に入ってしまったから大変だ。誰が大変かといえば、千晶が。

神谷さんは、千晶が二年生の担任だから当然一緒に修学旅行にも行くというの

に、三年は、わずか半年で別れなきゃならないことが腹立たしくてならず（でも、そんなの仕方ないじゃないか）、どうもその頃から、千晶を落としてやろうと狙《ねら》っていたみたいなんだな。卒業したとたんに、千晶に「付き合ってくれ（付き合え）」と迫った。

これが、神谷さんが、クラブ・エヴァートンと関わるきっかけになったんだ。千晶から神谷さんを紹介された、エヴァートンのオーナー、マサムネさんは、神谷さんの才能に惚れこみ、すぐに将来の「コア（エヴァートンを運営するメンバー）」候補として育て始めた。

今や、すっかりマサムネさんの右腕として、エヴァートンの運営を任されている（マサムネさんは、千晶の世話のほうが忙しい）神谷さんは、マサムネさんの後を継ぎ、エヴァートンの次のオーナーとなることだろう。

神谷さんのプロフィール

身長	160cmくらい
体重	ウフフ……
星座	射手座（目標決めたらまっしぐら！）
血液型	O型（恐怖のO、またはどんぶり勘定のO、とも言う）
趣味	お洒落
チャームポイント	色白に真っ黒の髪、大きな目、色っぽい唇
特技	キックボクシング

千晶直巳

千晶については、語りだしたらきりがない。

目に見える部分も広ければ、目に見えない内側はさらに広大な男だ。さまざまな引き出しに、さまざまなエピソードがてんこ盛りに詰まっている。それが、伝わってくる。

千晶の父親は、パチンコの開発を手がけている。パチンコ業界では、名の知られた人らしい。稼ぎもすごいとか。パチンコ、儲かるもんな。

千晶は、その金持ちの家の、男三兄弟の末っ子として生まれた。従兄《いとこ》のカオルさんの話じゃあ、そりゃあ天使のように可愛くて、親戚や近所で有名だったらしい（カオルさんも可愛くてしょうがなかったと言ったが、それは今でもだろ）。だから、千晶はまわりの人間から、可愛がられて可愛がられて育った。いまだに

クリみたいに手がかかるのは、そのせいだ、きっと。

長男のメグミさんは、ギャンブラーとしてラスベガスで暮らしている。次男のヒロミさんは、父親と同じく、パチンコの研究、開発の仕事に就いている。で、三男の千晶は、大学で経済を学んだのち、友人たちとともに「クラブ・エヴァートン」の経営を任されたんだ。

この千晶の友人たちが、「コア」と呼ばれるメンバーだ。

クラブの現オーナー、千晶のパパ兼ママ兼執事の神代政宗《かみしろまさむね》。――マサムネさん。

イギリスの大政治家の娘、美那子《みなこ》・ヴィーナス。

エヴァートン専属歌手のアーサー・スティングレ

千晶のプロフィール

身長	175cm
体重	60kgくらい
星座	秘密（秋か冬生まれらしいが……）
趣味	今はゴロゴロしながらファッション誌を読む（昔は乗馬からサーフィンまでいろいろやったが……）
チャームポイント	やや大きめの黒目部分
好きな飲み物	酸っぱいもの。何にでもレモンや酢をかける。でも実は酸味に弱い
嫌いな食べ物	たくさんある。たとえばセロリ
煙草	エクスタシー
好きな色	深〜い、きれいな紫色
自分の名前について	特になんとも思ってない。まわりがみんな同じ傾向の名前なので

ー。

日本育ちの中国人で、カンフーの達人、シン。

ファッションモデルのビアンキ。

全員、千晶が中学から高校にかけて知り合い、生涯の親友となった。

この六人の青春時代の逸話《いつわ》も、語りだしたらきりがないらしい。そりゃそうだろうなぁ。ラスベガスで大金を当てて、ヨーロッパ中を遊び歩いたなんて、それだけでもすごいよな。

だけど、千晶のすごいところは、そういう華々しい経験ばかりじゃないってところだ。辛く、ハードな出来事もたくさんくぐり抜けてきてる。千晶の口からたまに語られる話は、普通の奴では経験しないような重いものだったりして、ぎょっとすることがある。千晶自身も、心身ともに傷ついてきた。身体中の傷は、リンチに遭ったときのものだった。

そんな千晶だから、語られる言葉は、生きて、血と肉をもって俺たちに響いてくる。そこらへん、清らかなばっかりで中身のない青木先生様とは違うんだ。断じて！

千晶が事故に遭ったときのことは、正直あまり覚えていない。どうやら記憶が一瞬飛んだらしい。報《しら》せを受けて、すごく焦って何かをしようとしている俺を、別の俺が見ていた。

病院に駆けつけて、マサムネさんの真っ白い顔を見たときは、腰が抜けそうになったよ。あのマサムネさんが、いつもの冷静さとはまるで違う無表情で、それが、絶望しているように見えて、ああ、千晶はもうダメなんだなと思えて……。カオルさんに背中を一発叩かれて、やっと我に返った。命は助かったと聞かされたときは、また腰が抜けそうになった。

今、千晶は、エヴァートン専属歌手として、週三回ステージに立つ。利き腕は失くしてしまったけど、教職を退いたことは本当に残念だけど、それでも、生きて、元気で、一日十時間寝て、わがまま言いたい放題で、これが本来の千晶だよと、まわりを喜ばせて、その歌声が、世界の人々を魅了している。

そして、今日も、俺たちは千晶に会いに、エヴァートンのドアをくぐるんだ。

千晶先生と幽雅な人々

スティングレー（アーサー・スティングレー）

クラブ・エヴァートンの専属歌手。アメリカ人。十五歳で始めた世界旅行の途中、十八歳で日本に居着いた。夜遊び中に千晶らと出会い、クリストファー・エヴァートンの歌に惚れこみ、押しかけ弟子入りしたらしい。重量感あふれる、渋い声をしている。

一九〇cm、一〇〇kg近い図体の割に、とても軽い遊び人。しかし、実兄が亡くなったあとは、実家のカリフォルニアワインのシャトーを継ぐために帰国した。

ビアンキ（ライザ・ビアンキ）

母は、国際的に活躍するモデルクラブのオーナー、イタリア人。父は、元ドイツ空軍大佐、ドイツ人。

高校を卒業するまでは父の国元で育ち、競泳のオリンピック強化選手にもなった、身長一八六cm、体重八〇kg、紅い髪に、切れ上がった氷のような薄い青い目の……女性！

自分のことを「私」と呼ぶけれど、それ以外の口調も態度も、まるきり男。長時間、間近で見ても女に見えないその容姿を活かして、男性ファッションショーのモデルとして活躍している。千晶を甘やかさない唯一の人物かもしれない。千晶は、よくこのビアンキに殴られている。

ミナコ（美那子・ヴィーナス・藤枝《ふじえだ》）

父は、英国貴族で、元英国大使のエドランド卿《きょう》。日英ハーフ。四年連続ミスK大。上品で可愛くて、かつ聡明な女性だ。マサムネさんとは父親同士が知り合いで、この二人がまず出会い、ここに千晶が加わったことが、コアの始まりだという。

エドランド卿は、マサムネさんと結婚させたかったらしいけど、ミナコはフリーの時計職人と結婚。今は、一児のママである。

シン（深見《ふかみ》英明《ひであき》）

中国生まれの日本育ち。日中ハーフ。国籍は日本。父母が中華料理店を、祖父がカンフー道場を経営している。

シンもカンフーの達人らしいけど、ぱっと見は、とてもおだやかな感じで、ピアスをしてたり、どことなく女っぽい服装をしてたりするので、ゲイと思われているらしいけど、単なる趣味らしい。

喋ってみると、なるほどシャキシャキのハマッ子だ。

マサムネ（神代政宗）

エヴァートンの、現オーナー。

刀剣鑑定家神代家十四代目当主。男三兄弟の長男。弟二人は刀匠《とうしょう》。

生まれ良し、育ち良し。頭脳明晰。合気道有段者であり、「居合」もできる。コアでは、ブレーン的存在。クールに見えて、実は熱い男。怒ったら、かなり怖そうだ。

千晶とは中学のときからの連れ（二つ先輩）なので、千晶はマサムネさんの言うことを一番よくきくが、一番わがままもいう。まわりからは、千晶のことを「甘やかしすぎている」と批判されるが、マサムネさんにはその自覚がまったくないみたいだ。

カオル（土方薫《ひじかたかおる》）

エヴァートンのコアのメンバーを、クラブの外からサポートするメンバーというか、仲間たちがいる。あまりクラブに顔は出さないとか、まったく姿を見せないとか、でも、コアには協力する、特に千晶のためにはすっ飛んでくる連中。

その筆頭が、千晶の従兄《いとこ》のカオルさんだ。上院《じょういん》中学の教師。ちょっとヨレたスーツにネクタイ、でも眼鏡はレイバン、そして顎髭《あごひげ》の、まさにちょい悪オヤジな、かっこいい男だ。目元が千晶に似ているのが、そして、いい声をしているのが、従兄だなあと感じる。

ウィザード

コアのメンバー以外は、誰も正体を知らない「パソコンの天才」らしい。ウィザードという天才ハッカーがいるというのは、ネットの世界じゃ有名らしくて、田代の「憧れの君」でもある。そのウィザードと同一人物かどうかは不明。

コアのメンバーの資産運用を任されていて、（おそらく、デイ・トレードなどで）日々千晶らの財産を殖《ふ》やしていっているという噂だ。

山本医師

千晶がマンションに一人暮らししてたとき、隣の部屋に住んでいた内科医。鉄剤やら栄養剤の点滴やらの面倒、発熱や食欲不振の面倒などを、すべて見ていた。

今も、千晶の主治医である。

千晶の名曲アルバム

聴く者を圧倒する天才シンガー千晶。その千晶がセレクトしてきた曲はいったいどんな曲だったのか？　振り返ってみよう。

TITLE	Livin' La Vida Loca
ARTIST	リッキー・マーティン

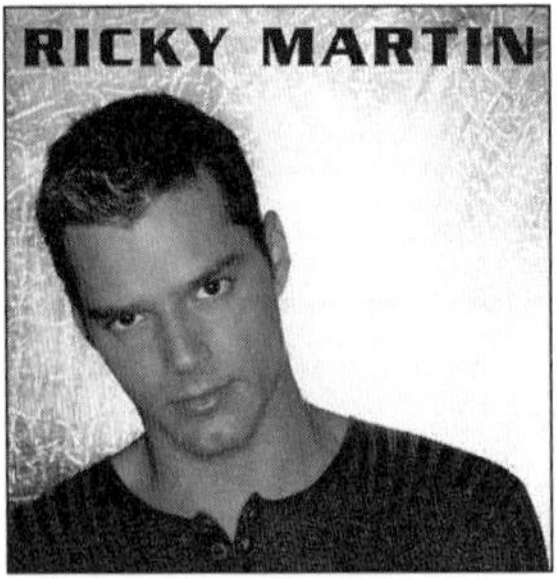

アルバム『リッキー・マーティン〜ヒア・アイ・アム〜』（エピックレコードジャパン）収録。

プエルトリコの大スター、リッキー・マーティンの代表作。夕士２年時の文化祭ライブの１曲目で披露された（5巻 p239)。ノリのいいポップスだが、歌詞に「黒猫」「ブードゥー人形」「悪魔」と不穏なフレーズが並ぶ。さらに千晶はライブの最後に、郷ひろみが、この曲をカバーした『GOLDFINGER'99』を歌い、生徒を熱狂させた。

TITLE	She
ARTIST	エルヴィス・コステロ

同じく夕士2年時の文化祭で披露された（5巻 p240）。イギリスのロックシンガーのエルヴィス・コステロの代表曲で、映画『ノッティングヒルの恋人』の主題歌でもある。恋人への思いを、美しい言葉でつづるこの曲を、コステロは、切なさ爆発のハスキーヴォイスで歌い上げるのだが、千晶は本家顔負けのワイルド＆セクシーな声で歌った。

アルバム『ベスト・オブ・エルヴィス・コステロ』（マーキュリー・ミュージックエンタテインメント）収録。

TITLE	思いがかさなるその前に…
ARTIST	平井堅《ひらいけん》

アルバム『SENTIMENTALovers』（デフスターレコーズ）収録。

夕士2年時の予餞会《よせんかい》で歌われた、感動の一曲（7巻 p108）。男女の別れの不安と現実を詠《うた》ったバラードだが、卒業生と教師、親に思わず重なる。多くの生徒が涙を流したという「反則」の選曲。

TITLE	So Young
ARTIST	THE YELLOW MONKEY

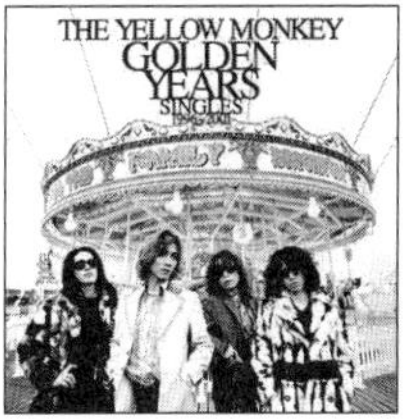

アルバム『GOLDEN YEARS SINGLES 1996-2001』（ファンハウス）収録。

修学旅行の際、生徒たちのリクエストに応え、カラオケで披露（6巻 p190）。解散してしまったロックバンドによる青春賛歌は、翌年に受験を控える生徒たちの胸に深く突き刺さった。

TITLE	明日に架ける橋
ARTIST	サイモン&ガーファンクル

同じく夕士2年時の予餞会で、最後に歌われたのがこの曲だった（7巻p110）。1970年に発売されたサイモン＆ガーファンクルのラストアルバムに収録された、美しいバラード。苦難にある友の旅立ちを祝福し、「私が助けとなる」と励ますこの曲を、卒業生たちが明日へと一歩踏み出すために、オリジナル以上にドラマチックに歌い上げた。

アルバム『明日に架ける橋』（ソニー・ミュージックダイレクト）収録。

TITLE	ラ・フィアマ・サクラ
ARTIST	アミーチ・フォーエヴァー

アルバム『ディファインド』（ソニー・ミュージックエンタテインメント）収録。

アミーチ・フォーエヴァーはオペラなどを歌うイギリスのグループ。同曲は、「フォーカラーズ・コンサート」で披露された（10巻p216）。世界的には無名な千晶が、もっとも華やかなフレーズのソロを任された。

TITLE	アヴェ・マリア
ARTIST	ジョシュ・グローバン

アルバム『ノエル～クリスマス・コレクション』（ワーナーミュージック・ジャパン）収録。

夕士不在のまま行われた卒業式。その予餞会で「稲葉の回復を、どうか全身全霊で祈ってくれ」と深々と頭を下げ、若き天才テナー歌手ジョシュ・グローバンのバージョンで歌い上げた（10巻p194）。

妖怪アパートの幽雅な日常

番外編

千晶

クラブ・エヴァートンは、今夜も会員で満席だ。

チアキが、コアのメンバーとしてエヴァートンに帰ってきて、しかも「歌手」として帰ってきて、会員たちの喜ぶことといったらない。チアキの復帰は、「歌手チアキ」の復活という喜びもさることながら、大事故からの生還という二重の喜びだからだ。

チアキは利き腕を失くしてしまったが、それがなんだというのだろう。生きて、元気で、しかも歌手として馴染みのサポーターたちのいる古巣に帰ってきてくれて、どれほどの人たちが胸を撫《な》で下《お》ろし、喜びに涙したことか。特に、チアキの学生時代からの友人でもあるコアのメンバー、マサムネさん、シン、美那子・ヴィーナス、ビアンキたちは、本当に嬉しそうだった（スティングレーはアメリカに帰国した。実家のワイナリーを継ぐためだ）。コアを取り巻く外部のサポーターたち（カオルさんや、山本医師たち）も然《しか》りだ。

チアキは、教師だったとき住んでいたマンションを引き払い、今は、エヴァートンの上階にマサムネさんと住んでいる。

マサムネさんは、チアキが越してくるにあたり、エヴァートンの住居部分をリフォームした。チアキが住みやすいように。そして、チアキ好みに。

リフォームされた部屋を見せてもらったけど、チアキのいつもいる部屋の中は、ダークレッドとダークグリーンを基調に、渋い金色をちらした色合いで、調度品などはすべてアンティーク調だった。さすが、日頃から「チアキは好みがうるさくてな」が口癖のマサムネさんだ。わかっていらっしゃる……というか。相変わらず、一分の隙もない……というか。とにかく、チアキはリフォームを気に入り、以来マサムネさんと寝起きをともにしている。

そう。まさに「寝起きをともに」なんだ。利き腕のないチアキは、いろいろと動作が不自由なので、そのフォローをする必要がある。マサムネさんなら「完璧に」できるというわけだ。……まぁ、ビアンキに言わせれば「甘やかしすぎ」なんだが……。俺もそう思うんだが……。チアキじゃ、しょうがないかって感じで。田代は、チアキとマサムネさんのツーショット見たさに、毎日クラブへ来る。

「しょうがないよな。チアキって、クリみたいに手がかかるんだよ」

と言うと、長谷はグスッと鼻を鳴らした。

R・マーティンの『Bella』(当然スパニッシュ・バージョン)を歌うチアキ。力強くしなり、煌《きら》めくように美しく華やかな声。特にバラードを歌うと、その美声が際だつ。透明で、どこまでもどこまでも響き渡ってゆくような……。なるほど。これが「黄金の鐘の音《ね》」と呼ばれるゆえんなのかと納得する。チアキがその後を継いだと言われる伝説の歌手、クリストファー・エヴァートンの通り名が「黄金の鐘の音」だった。その歌声のファンは世界中にいて、チアキが「フォーカラーズ・コンサート」に登場する前から、そしてその後はもっと、「あの黄金の鐘の音の後継者の歌声が聴きたい」と、クラブに来たいと願うファンが増えた。完全会員制のエヴァートンだが、メンバーの「ゲスト」ということなら入店することができる。クラブには、毎回毎回メンバーの直接のゲストやら、伝手《つて》を使いまくってきたゲストやらの外国人の顔が多く見られるようになった。みんな、週三回歌うチアキの登場を、今か今かと待っている。

クラブを出ると、アルコールで少し火照《ほて》った身体に冷たい外気がしっとりと触れてきた。港に停泊《ていはく》している船の汽笛が、ネオンに彩られた夜の闇に響いている。

「アパートに寄ってくか、長谷？」

もうそこにクリはいないけど、身も心も温まる何かをるり子さんが出してくれる。

長谷は、黙っていた。

黙って、夜空を見上げた。

「また一年が過ぎるな……」

溜め息のように、長谷が言った。

長谷は、クリがいなくなったショックから、いまだに立ち直れていない。まぁ、おおげさに言えばの話だけども。

クリとシロの成仏は目出度《めでた》いことだし、人間の双子の子どもとして生まれ変わってきたことは、さらに目出度いことで、それは長谷だって大いに喜んだ。ただ、やっぱりふとしたときに「ああ、クリはもういないんだな」と感じることは、俺でもある。まして長谷は。

チアキの切ないバラードを聴いた後なんかは、なんだか「泣きたい気分」になるときがある。それは、悲しいからとかいうんじゃなくて、詩人がいつか言った、泣くことで行う「心のデトックス」なんだ。

ちょっと疲れたとき、心が洗われるような何かで涙を流し、俺たちは気持ちをリセットする。そして、また朝が来て、朝陽《あさひ》の中に歩き出すんだ。前を向いてまっすぐに。

俺が作家としてデビューしてから、長谷が会社を立ち上げてから、チアキがエヴァートンに帰ってきてから、クリがいなくなってから……。俺たちの人生も生活も、何かしら変化があるけれど、それでも何ひとつ変わることなく、季節は移ってゆく。年月は降り積もり、過ぎ去ってゆく。

それはこれからも変わらない。

また一年、また一年と、俺たちの時間は過ぎてゆくんだ。

願わくば、来年の今頃も、すべての人々、物事が平穏無事でありますように。

「また一年が過ぎるな……」と、おだやかに言えますように。

俺は、長谷の背中をぽんぽんと叩いた。

「アパートで夜食を食おうぜ」

と、笑いかけてやると、長谷も口許を緩ませた。

「ん、ふふ」

長谷の手を引いて表通りまで連れてゆき、タクシーに手を振った。

「今日は泊まってけ」

暖かいアパートの居間で、朝まで酒を呑もう。クリのことを思い出して泣けばいいさ。

「そうだな……」

長谷が、また溜め息のように言った。

それから俺たちは、タクシーに乗るのをやめて、少しだけ歩くことにした。

ネオンが闇に美しく煌めいている。

いつの間にか、その景色が似合うようになった俺たちだった。

作者自画像

香月日輪スペシャルインタビュー

『妖怪アパートの幽雅な日常』は、どうやって生み出されたのか？
夕士の誕生秘話、作品にこめられた想《おも》い。今、語りつくします——。

妖怪アパートは実在する⁉

「妖怪アパート」の原点からお話ししましょうか。この作品は、赤別荘《あかべっそう》といって、私の実家の近くにある元旅館が物語のモデルになっているんです。田舎《いなか》によくありがちな、住宅街に「洋館」がポツンとあるんです。子どもの頃の私には、とても異様に見えましたね。「きっとオバケが棲《す》んでいるんだ」なんて思ってました（笑）。この洋館が、発想の原点なんです。

「妖怪アパート」に限らず、私の作品には「日常の隣にある非日常」がよく出てきます。私たちが暮らしている空間の隅っこに、素知らぬ顔をして「まったく違うもの」が存在し、ふとした瞬間に向こう側へ行くことができる。それがアパートだったら面白いかも、という感じですね。

そんな発想の源みたいなところから作品作りに入っていくんですが、私の場合、次はキャラクターの設定を決めます。この洋館にはこういう男の子がいて〜、みたいな。私はもともと物書きじゃなくて、以前は漫画を描いてたんですよ。だから、キャラクターはすべて漫画で浮かぶんです。まずは漫画を描いて、それを活字に変換しているというわけなんですね。

これを言うと驚かれるんですが、私は小説をほとんど読みません。読むのはもっぱら漫画のほうで、漫画から考えたほうが自然なんですよ。実は、まだ活字に変換されてない幻の漫画がいっぱいあるんです。百ページ分くらいいね（笑）。

夕士が動きださない⁉

主人公の夕士の最初に思いついた設定は、中学一年のときに両親を亡くしている薄幸《はっこう》の少年って感じでした。本当に素直な普通の男の子でしたね。

その設定で四ページくらいの漫画も描いてみたんです。でもそれを文字に変換して、物語を展開していったときに、どうも夕士の動きが鈍《にぶ》いなぁと感じたんですよ。これはきっと私が、夕士っていうキャラクターに「ノれてないからだ」と思いましたね。そこで、もうちょっと自分好みの男の子にしてみようと考えたんです。

それで、そこそこいい子ではなくて、ちょっとワルい子の要素を入れてみたんです。少しこうツリ目

設定メモ。

にしてワイルドな感じにしてみようと。すると、動きだしたんですよ。

この「動く」っていうのは、説明するのが難しくて、創作活動をしていない人にはまったくピンとこない感覚だと思いますが、夕士が動いているシーンが、次から次へと浮かんでくるということです。そして、ひとりのキャラクターが動きだすと、そのまわりにいろいろなキャラクターがついてくるんですよね。ここには、絶対こういう人が必要だというように。

それから、キャラクターが作者の意に反する動き方をすることもあるんですよ。えっ、この子がこんなことをするのか！　って書いてる本人がびっくりする。だから、夕士が「大学に行きたいっ」て言いだしたときは、すごく驚きましたね。だって私はずっと夕士は高校を卒業して、公務員か、即戦力のビジネスマンか、そういうのになるんだろうなって思ってましたから。本人も作品内で何度もそう言ってましたよね。

だから、ブックマスターになったときも、本当にびっくりしました。あれは、二

巻で新しいキャラクターを出そうと思って、古本屋を出したんですよね。そこで『小《プチ》ヒエロゾイコン』と夕士が関わることになるっていうのも、自分で書いてて「へぇ～」っていう感覚でしたね（笑）。

ファンタジックな言い方をすれば、キャラクターに命が宿るということです。今考えれば、あの二巻あたりから、そうなる気配はありました。

「妖怪アパート」に恋愛はいらない!?

普通、青春小説だと、ちょっと可愛らしい同級生が出てきて恋愛関係になったりとかありますよね。「妖怪アパート」であれば、田代ちゃんと夕士とか。でも、私は、この作品をそういうふうにしようとは思いませんでした。だから、夕士はどちらかというと、長谷や千晶先生のことばかり考えていますよね。

私は、ヒーローとヒロインがいて、すぐ恋愛関係になるっていうパターンが嫌いなんです。あまりにもありきたりでしょ。

ただ、まったく違う方向から恋愛関係になるなら、それはありなんですけどね。夕士だったら、すごく年上の女性と出会ってしまう、なんていいんじゃないかと思うんですよね。たとえば剣崎運輸の島津《しまづ》姉さんとか、神谷先輩とかね。恋愛関係になるにしても、そのへんだと物語の展開が面白くなりそうだなって予感があるんです。

そもそも私は、これからも恋愛小説は書くつもりはないし、そういうのはそれが得意な作家さんが書けばいいと思っています。それに「妖怪アパート」では、恋愛ではなく、もっと書きたいことがあったわけです。友情とか、絆《きずな》とかね。

それと、この作品に登場する女性は、極端に男っぽくてかっこいい人が多いでしょ。それは、私自身が女っぽい女が嫌いだからなんですね。昔でいう「ぶりっこちゃん」みたいな。ああいう女の子が苦手なんです。自分がそうなれなかったっていうのもあるし(笑)。

私が好きなのは、もっとこう、いろんなことを冷静に語り合える女の子。あんまり性別を感じさせないような。それは男の人に対してもやはり求めてしまうんですけど……。だから女性に合わせて生きているような、軟派系の男の人って嫌いなんですよ。

女性であろうが、男性であろうが、私がかっこいいと思う人は、「生身である」「等身大である」ことが条件なんです。世間がどう言おうと、他人がどう言おうとあまり関係なくて、自分がよく見られようが、悪く見られようが、それすら関係ない。まず、自分がこうありたい、という確固たる自分の世界を持っている人なんですね。それが、私の言う「生身である」「等身大である」ことなんです。

だから、「妖怪アパート」では、身近にそんなふうに生きている大人たちを登場させて、友情や絆を描けたらなって思ったんです。私には、恋愛よりそっちのほうが大切だって思えるんですよ。

食事シーンとお風呂シーンは必然!?

読者の人なら気づいているとは思いますが、この物語には、ご飯を食べているシーン、みんなでお風呂に入るシーンという、二つのシーンがよく登場します。

あんな都会のど真ん中で、地下に天然の温泉風呂があるなんてありえないですよね。あんなボロアパートで、ものすっごくおいしいご飯が出てくるなんてのもありえない。だから、最初はファンタジーな設定として考えたんですよね。

ご飯はおいしければ、それに越したことはない！　風呂は大きいほうがいい！　みたいなことだったんですけどね（笑）。

でも結果として、食事とお風呂のシーンは、心を閉ざしていた夕士が、おいしい食事だから食べたい！　こんな大きいお風呂だから当然みんな一緒に入る！　みたいな、仲間に入るための重要な役割をはたしてくれましたね。だから夕士は、一巻ですぐに「妖怪アパート」に馴染むんです。物の怪がいても、関係なかったというわけです。

よく考えてみれば、みんなと食事すればおいしいし、みんなでお風呂に入れば楽しい、というシンプルで、ごく自然なこと。

「妖怪アパート」は、読むとお腹がすくとよく言われます。るり子さんの食事が食べた〜いという読者のみなさんからの声が多かったので、レシピブック『妖怪アパートの幽雅な食卓』が誕生したほどでしたね。

私は料理をあまりしないのですが、自分で料理シーンを書いていて、食べてみたかったので、あの本が作れてよかったです（笑）。

やっぱり、おいしいものをおいしいと言って食べるのは、すごく大事なことですよね。特に子どもにはね。別に家族じゃなくてもいいけれど、誰かと一緒に「おいしいねぇ」みたいなことを言いながら、いろんな話をしながら食べるっていうことは、すごく大事なことだと思うんです。せっかく家族で食事してるのに子どもがずっとメールしているとか……それはやっぱり間違っていると思うんですね。

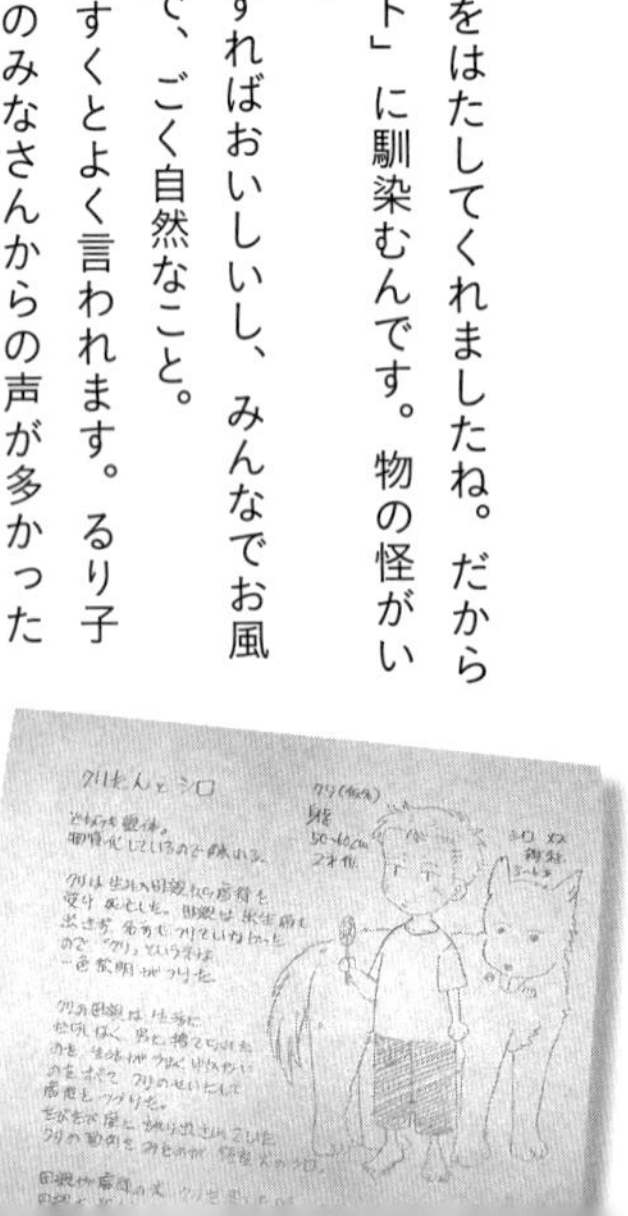

コミュニケーションは「生」に限る!?

この作品の重要なポイントとして、会話が大事っていうことがあります。私は、どうでもいい話であっても、向かい合って話すことが大事だと思っています。だから、「妖怪アパート」には会話があふれているんです。

特に子どもには、「生」のコミュニケーションが不可欠だと思います。そこに生まれる「喜び」や、ときには「嫌なこと」も、知ることが大切だと思うんですね。「生」の人間関係の中で「生」の会話をしながら、子どもは大人になっていく。人間は成長していく。そう思うんです。

私は、どの作品でも貫いているテーマがあります。「孤独」と、「みんなで」の、両方がなければ絶対だめってことです。

たぶん、親がいないとか、友だちがいないとか、「孤独」をマイナスの意味でとらえている人はたくさんいると思うんですよね。だけど、それをマイナスには思わないようにしてほしい、と思っています。人間にとって孤独っていうのも非常に大事なことです。

私の『僕とおじいちゃんと魔法の塔』という作品でも「孤独を嫌ってやるな。孤独は気高く優しい友人である」っていう台詞《せりふ》がありますけれども……そういうふうに受け止めてほしいなと。

孤独になったとき、自分ときちんと向き合えるようなら、その向こうに必ずいい仲間が待っていると思います。ひとりでいることと、孤独なことは違うってことなんです。

両親が亡くなった夕士も、家族と家を失って心を閉ざしました。仲間とのコミュニケーションを捨てたんです。最初は長谷にしか心を開きませんでしたよね。

でも、「妖怪アパート」には、「生」の会話があった。本気で語り合える仲間がいたんです。

「妖怪アパート」という非日常に迷いこんだら、夕士にいちばん欠けていたものがそこにあった、ということなんです。

そんな夕士だから、学校でも自立して他人と付き合えたんだと思うんです。べたべたした慰《なぐさ》め合いじゃない。それは、孤独を知っているからこそですね。たぶん夕士は、龍さんや千晶のように自分を持った大人になったと思いますよ。

いつの日か、大人になった夕士たちの物語を書いてみたいような……。

いや、今はまだわからないですけどね（笑）。

『妖怪アパートの幽雅な日常』

（YAI-ENTERTAINMENT版装画・佐藤三千彦／文庫版装画・ミヤケマイ）

香月日輪の自作解説！

『妖怪アパートの幽雅な日常』シリーズを、作者・香月日輪先生が振り返ります。意外な真実が出てきました！

1巻

1巻の最大の特徴は、この一冊で完結すると思って書いていることです。まさか続くとは思っていないので、夕士が帰ってきて、おしまい……のはずが、いつのまにか「2巻につづく」となっていて驚きました（笑）。

2巻

2巻では夕士がブックマスターになったのですが、キャラクターが勝手に動きだした、という感じで、私自身驚きました。るり子さんのお料理シーンが増えたことと、最後に長谷がアパートを訪れたこと、これはいずれも編集部のるり子さんファンと長谷ファンの強い要望です（笑）。

3巻

3巻の舞台は学校。シリーズとして展開していくために、学校を描きたいと思っていたからです。1巻で少しだけ出ていた田代ちゃんに活躍してもらいました。三浦先生にはモデルがいるので、リアルに書けたと思いますよ。

4巻

4巻はバイト先の剣崎運輸が舞台。そこに出てくる大学生は、コミュニケーション能力が低いという設定です。現実にも、こういう人はたくさんいると思うのですが、生のコミュニケーションの大切さに気づいてほしいなと思って書いていました。

5巻

自分好みの先生を！　と思って登場させたのが千晶先生です。千晶先生のキャラクターが思い浮かんだときは、他の仕事をすべてストップして約ひと月毎日10時間、ひたすら千晶先生を漫画で描きこみ……爪が割れました。

6巻

雪山での修学旅行ですが、ここで夕士と千晶先生の絆が生まれます。千晶先生の正義漢ぶりと脆《もろ》さという二つのバランスは、千晶先生のキャラクターを考えたときから決まっていたものです。

7巻

7巻では、秋音ちゃんや神谷さんたちが卒業します。秋音ちゃんがアパートを出て四国に旅立つのは、私が進学と同時に実家を出た経験があったので、秋音ちゃんにも旅立ってほしいなという思いがあったからです。

8巻

8巻は宝石強盗犯と戦う、シリーズで一番の激しいアクションが見どころです。宝石強盗が建物を封鎖するというのは、「妖アパ」以前からあったアイデアで、いつかやろうと思っていたのです。ここ一番で使えました。

9巻

富樫君の問題を、千晶先生が生徒たちに語りかけることで解決しました。これも最初から決めていたわけでなく、書いてるうちに千晶先生が自分で解決してしまった感じです。でも、文化祭で千晶先生に白ラン着せようというのは最初から決めていましたけど（笑）。

10巻

どうして最後の最後に、10年後の夕士まで書いたんですか？　とよく聞かれます。1巻で龍さんが「君の人生は長く、世界は果てしなく広い」とかけてくれた言葉を受け、夕士がどんな大人になったかを描くことで、ようやくこのシリーズは完結できるのかなと思ったのです。

番外編1 妖怪アパートの幽雅な食卓 るり子さんのお料理日記

るり子さんのお料理描写があまりに評判になってしまったために生まれたこの本。撮影では、るり子さんの料理を料理研究家の方が再現してくれたのに、私は撮影に立ち会えず、食べられなかったのが心残り！

番外編2 妖怪アパートの幽雅な人々 妖アパミニガイド

本編では収録できなかった、アパートの住人たちの日常の紹介です。山のようにあった裏設定やサイドストーリーを公開しましたが、まだ氷山の一角です。表紙のアパートから、食堂や夕士の部屋、クリとシロの立体まで、模型はすべて紙粘土なんですよ！

本書は2012年1月刊行の単行本を
文庫化したものです。

立体／フジイカクホ
本文デザイン／淺田有季（オフィス303）
本文イラスト／瀧 麻由子
漫画／深山和香
写真／福島 省
企画・編集／福島紗那（オフィス303）

|著者|香月日輪　和歌山県生まれ。『ワルガキ、幽霊にびびる！』（日本児童文学者協会新人賞受賞）で作家デビュー。『妖怪アパートの幽雅な日常①』で産経児童出版文化賞フジテレビ賞を受賞。他の作品に「地獄堂霊界通信」シリーズ、「ファンム・アレース」シリーズ、「大江戸妖怪かわら版」シリーズ、「下町不思議町物語」シリーズ、「僕とおじいちゃんと魔法の塔」シリーズなどがある。2014年12月永眠。

◆香月日輪オンライン

http://kouzuki.kodansha.co.jp/

妖怪《ようかい》アパートの幽雅《ゆうが》な人々《ひとびと》　妖《よう》アパミニガイド

香月日輪《こうづきひのわ》

講談社文庫

定価はカバーに
表示してあります

2015年12月15日第１刷発行

発行者——鈴木　哲

発行所——株式会社　講談社

東京都文京区音羽2-12-21　〒112-8001

電話　出版（03）5395-3510
　　　販売（03）5395-5817
　　　業務（03）5395-3615

Printed in Japan

デザイン—菊地信義

本文データ制作—講談社デジタル製作部

印刷———株式会社廣済堂

製本———株式会社大進堂

ISBN978-4-06-293286-8

講談社文庫刊行の辞

二十一世紀の到来を目睫に望みながら、われわれはいま、人類史上かつて例を見ない巨大な転換期をむかえようとしている。

世界も、日本も、激動の予兆に対する期待とおののきを内に蔵して、未知の時代に歩み入ろうとしている。このときにあたり、創業の人野間清治の「ナショナル・エデュケイター」への志を現代に甦らせようと意図して、われわれはここに古今の文芸作品はいうまでもなく、ひろく人文・社会・自然の諸科学から東西の名著を網羅する、新しい綜合文庫の発刊を決意した。

激動の転換期はまた断絶の時代である。われわれは戦後二十五年間の出版文化のありかたへの深い反省をこめて、この断絶の時代にあえて人間的な持続を求めようとする。いたずらに浮薄な商業主義のあだ花を追い求めることなく、長期にわたって良書に生命をあたえようとつとめるところにしか、今後の出版文化の真の繁栄はあり得ないと信じるからである。

同時にわれわれはこの綜合文庫の刊行を通じて、人文・社会・自然の諸科学が、結局人間の学にほかならないことを立証しようと願っている。かつて知識とは、「汝自身を知る」ことにつきていた。現代社会の瑣末な情報の氾濫のなかから、力強い知識の源泉を掘り起し、技術文明のただなかに、生きた人間の姿を復活させること。それこそわれわれの切なる希求である。

われわれは権威に盲従せず、俗流に媚びることなく、渾然一体となって日本の「草の根」をかたちづくる若く新しい世代の人々に、心をこめてこの新しい綜合文庫をおくり届けたい。それは知識の泉であるとともに感受性のふるさとであり、もっとも有機的に組織され、社会に開かれた万人のための大学をめざしている。大方の支援と協力を衷心より切望してやまない。

一九七一年七月

野間省一

講談社文庫 最新刊

柴田錬三郎
〈レジェンド歴史時代小説〉
江戸っ子侍 (上)(下)
若侍・浅形新一郎が妖商から姫を救い出す。事態は二転三転。〝柴錬〟時代ロマンの傑作!

東 浩紀
一般意志2・0
〈ルソー、フロイト、グーグル〉
日本発の民主主義は可能か? ルソーを大胆に読み替え、新しい政治のシステムを構想。

石野径一郎
新装版 **ひめゆりの塔**
凄絶な沖縄戦。上陸した米軍の砲撃迫る中、女学生ばかりの部隊は野戦病院を出発した。

千早 茜
森の家
家族は束縛のための鳥籠? 自由に羽ばたくための巣? まったく新しい家族の形がここに。

堀江敏幸
燃焼のための習作
探偵と助手と依頼人——、どこへ向かうとも知れない会話が織りなしていく小説の愉悦。

はやみねかおる
都会《まち》のトム&ソーヤ(8)
《怪人は夢に舞う〈実践編〉》
完成したゲームのテストプレイに内人《ないと》も強制参加。街を舞台に、きつ〜い謎解きが連続!

長嶋 有
佐渡の三人
納骨のための旅が、なぜか珍道中に。ちょっとズレた3人の家族をしみじみ描いた快作!

竹本健治
新装版 **匣《はこ》の中の失楽**
伝説の「第4の奇書」が新装版に! 現実と虚構の狭間で起こる密室連続殺人の謎とは?

パトリシア・コーンウェル
池田真紀子 訳
標的 (上)(下)
スカーペッタにつきまとう狂気の影。それは十三年の歳月を経た「復讐」の序曲だった!

ジョージ・ルーカス 著
上杉隼人/杉山まどか 訳
スター・ウォーズ
〈エピソードⅣ 新たなる希望〉
伝説はここから始まった——。正義と悪。父と子。壮大なる宇宙《スペース》サーガが完全新訳で登場!

ジョージ・ルーカス 原作
ドナルド・F・グルート 著
上杉隼人/潮 裕子 訳
スター・ウォーズ
〈エピソードⅤ 帝国の逆襲〉
恐るべき秘密が明らかに——。銀河帝国軍に立ち向かうルークが知った衝撃の事実とは?

ジョージ・ルーカス 原作
ジェームズ・カーン 著
上杉隼人/吉田章子 訳
スター・ウォーズ
〈エピソードⅥ ジェダイの帰還〉
運命の時はついに——。帝国軍vs.反乱軍、最終決戦へ。そして父と子も対決の時を迎え!?

講談社文芸文庫

金井美恵子
エオンタ／自然の子供
金井美恵子自選短篇集
解説＝野田康文　年譜＝前田晃一
溶けあう輪郭。混じりあう境界。「読むことが、私の生きている証し」老練な読者たる著者が、最初期二作品を含む初期作品群から現在の眼で選んだ、自選集最終巻。
978-4-06-290294-6　かM5

埴谷雄高
酒と戦後派
人物随想集
坂口安吾、三島由紀夫、安部公房、中野重治、大岡昇平、丸山真男、野間宏、福永武彦、武田泰淳・百合子……戦後派屈指の観察眼と描写力で描く至高の人物エッセイ。
978-4-06-290292-2　はJ8

山城むつみ
ドストエフスキー
年譜＝著者
対話の中で、絶えず異和と不協和に晒されるダイナミズム――ラズノグラーシエを手掛かりに文学的核心を照射し、ドストエフスキー論史の転換点を成す衝撃的論考。
978-4-06-290296-0　やN2

日本文藝家協会編
現代小説クロニクル2010～2014
解説＝川村湊
シリーズ第八弾、最終巻。円城塔、磯﨑憲一郎、村田沙耶香、小野正嗣、高橋源一郎、高村薫、松浦寿輝、津村記久子、朝吹真理子、鹿島田真希、小山田浩子、瀬戸内寂聴。
978-4-06-290295-3　にC8

香月日輪　妖怪アパートの幽雅な日常①
香月日輪　妖怪アパートの幽雅な日常②
香月日輪　妖怪アパートの幽雅な日常③
香月日輪　妖怪アパートの幽雅な日常④
香月日輪　妖怪アパートの幽雅な日常⑤
香月日輪　妖怪アパートの幽雅な日常⑥
香月日輪　妖怪アパートの幽雅な日常⑦
香月日輪　妖怪アパートの幽雅な日常⑧
香月日輪　妖怪アパートの幽雅な日常⑨
香月日輪　妖怪アパートの幽雅な日常⑩
香月日輪　妖怪アパートの幽雅な食卓〈るり子さんのお料理日記〉
香月日輪　妖怪アパートの幽雅な人々〈妖アパミニガイド〉
香月日輪　大江戸妖怪かわら版①〈異界より落ち来る者あり〉
香月日輪　大江戸妖怪かわら版②〈異界より落ち来る者あり 其之二〉
香月日輪　大江戸妖怪かわら版③〈封印の娘〉
香月日輪　大江戸妖怪かわら版④〈天空の竜宮城〉
香月日輪　大江戸妖怪かわら版⑤〈雀、大浪花に行く〉
香月日輪　地獄堂霊界通信①
香月日輪　地獄堂霊界通信②

香月日輪　地獄堂霊界通信③
香月日輪　ファンム・アレース①
香月日輪　ファンム・アレース②
近衛龍春　直江山城守兼続(上)(下)
近衛龍春　長宗我部元親
近衛龍春　長宗我部盛親(上)(下)
小山薫堂　フィルム
小林　篤　足利事件〈冤罪を証明した一冊のこの本〉
香坂　直　走れ、セナ！
小林正典　英国太平記
小　鶴　カンガルーのマーチ
木原音瀬　箱の中
木原音瀬　美しいこと
木原音瀬　秘密
神立尚紀　祖父たちの零戦〈Zero Fighters of Our Grandfathers〉
神立尚紀
大島隆之　零戦〈搭乗員たちが見つめた太平洋戦争〉
古賀茂明　日本中枢の崩壊
近藤史恵　薔薇《ばら》を拒む
近藤史恵　砂漠の悪魔

佐藤さとる　〈コロボックル物語①〉だれも知らない小さな国
佐藤さとる　〈コロボックル物語②〉豆つぶほどの小さないぬ
佐藤さとる　〈コロボックル物語③〉星からおちた小さなひと
佐藤さとる　〈コロボックル物語④〉ふしぎな目をした男の子
佐藤さとる　〈コロボックル物語⑤〉小さな国のつづきの話
佐藤さとる　〈コロボックル物語⑥〉コロボックルむかしむかし
佐藤さとる　天狗童子
佐藤さとる　絵／村上勉　わんぱく天国
早乙女貢　沖田総司(上)(下)
早乙女貢　会津啾々記〈脱走人別帳〉
佐藤愛子　戦いすんで日が暮れて
佐木隆三　復讐するは我にあり(上)(下)
佐木隆三　成就者たち
佐木隆三　慟哭〈小説・林郁夫裁判〉
澤地久枝　時のほとりで
澤地久枝　私のかかげる小さな旗
澤地久枝　道づれは好奇心
沢田サタ編　泥まみれの死〈沢田教一ベトナム戦争写真集〉
佐高　信　日本官僚白書

講談社文庫　目録

酒井順子　ホメるが勝ち！
酒井順子　少子
酒井順子　負け犬の遠吠え
酒井順子　その人、独身？
酒井順子　駆け込み、セーフ？
酒井順子　いつから、中年？
酒井順子　女も、不況？
酒井順子　儒教と負け犬
酒井順子　こんなの、はじめて？
酒井順子　金閣寺の燃やし方
酒井順子　昔は、よかった？
酒井順子　もう、忘れたの？
酒井順子　そんなに、変わった？
佐野洋子　嘘ばっか〈新釈・世界おとぎ話〉
佐野洋子　乙女ちゃん〈愛と幻想の小さな物語〉
佐野洋子　わたしいる
佐野洋子　コッコロから
佐川芳枝　寿司屋のかみさん　うまいもの暦
佐川芳枝　寿司屋のかみさん　二代目入店

桜木もえ　純情ナースの忘れられない話
斎藤貴男　東京を弄んだ男〈「空疎な小皇帝」石原慎太郎〉
佐藤賢一　二人のガスコン(上)(中)(下)
佐藤賢一　ジャンヌ・ダルクまたはロメ
笹生陽子　ぼくらのサイテーの夏
笹生陽子　きのう、火星に行った。
笹生陽子　バラ色の怪物
笹生陽子　世界がぼくを笑っても
佐伯泰英　変《へん》化《げ》〈交代寄合伊那衆異聞〉
佐伯泰英　雷鳴〈交代寄合伊那衆異聞〉
佐伯泰英　風雲〈交代寄合伊那衆異聞〉
佐伯泰英　邪宗〈交代寄合伊那衆異聞〉
佐伯泰英　阿片〈交代寄合伊那衆異聞〉
佐伯泰英　攘夷〈交代寄合伊那衆異聞〉
佐伯泰英　上海〈交代寄合伊那衆異聞〉
佐伯泰英　黙《もっ》契《けい》〈交代寄合伊那衆異聞〉
佐伯泰英　御《お》暇《いとま》〈交代寄合伊那衆異聞〉
佐伯泰英　難航〈交代寄合伊那衆異聞〉
佐伯泰英　海戦〈交代寄合伊那衆異聞〉

佐伯泰英　謁見〈交代寄合伊那衆異聞〉
佐伯泰英　交易〈交代寄合伊那衆異聞〉
佐伯泰英　朝廷〈交代寄合伊那衆異聞〉
佐伯泰英　混《こん》沌《とん》〈交代寄合伊那衆異聞〉
佐伯泰英　断絶〈交代寄合伊那衆異聞〉
佐伯泰英　散《ざん》斬《ぎり》〈交代寄合伊那衆異聞〉
佐伯泰英　再会〈交代寄合伊那衆異聞〉
佐伯泰英　茶葉〈交代寄合伊那衆異聞〉
佐伯泰英　開港〈交代寄合伊那衆異聞〉
佐伯泰英　暗殺〈交代寄合伊那衆異聞〉
佐伯泰英　血脈〈交代寄合伊那衆異聞〉
佐伯泰英　飛躍〈交代寄合伊那衆異聞〉
沢木耕太郎　一号線を北上せよ〈ヴェトナム街道編〉
坂元純　ぼくのフェラーリ
三田紀房／原作　里見蘭　小説ドラゴン桜〈カリスマ教師集結篇〉
三田紀房／原作　里見蘭　小説ドラゴン桜〈挑戦！東大模試篇〉
佐藤友哉　フリッカー式〈鏡公彦にうってつけの殺人〉
佐藤友哉　エナメルを塗った魂の比重〈鏡稜子ときせかえ密室〉
佐藤友哉　水没ピアノ〈鏡創士がひきもどす犯罪〉

講談社文庫　目録

佐藤友哉　クリスマス・テロル〈invisible×inventor〉
桜井亜美　チェルシー
桜井亜美　Frozen《フローズン》 Ecstasy《エクスタシー》 Shake《シェイク》
サンプラザ中野　〈小説〉大きな玉ネギの下で
櫻田大造　「優」をあげたくなる答案・レポートの作成術
桜井潮実　「うちの子は『算数』ができない」と思う前に読む本
佐川光晴　縮んだ愛
沢村凜　カタブツ
沢村凜　あやまち
沢村凜　さざなみ
沢村凜　タソガレ
佐野眞一　誰も書けなかった石原慎太郎
佐野眞一　津波と原発
佐藤多佳子　一瞬の風になれ 第一部/第二部/第三部
笹本稜平　駐在刑事
佐藤亜紀　鏡の影
佐藤亜紀　ミノタウロス
佐藤亜紀　醜聞の作法
佐藤千歳　インターネットと中国共産党〈「人民網」体験記〉

samo　きみにあいたい〈あかりが生きた239日、そして12時間〉
斎樹真琴　地獄番 鬼蜘蛛日誌
桜庭一樹　ファミリーポートレイト
佐々木則夫　なでしこ力〈さあ、一緒に世界一になろう!〉
沢里裕二　淫府再興
沢里裕二　淫果応報
佐藤あつ子　昭《あき》 田中角栄と生きた女
西條奈加　世直し小町りんりん
司馬遼太郎　新装版 播磨灘物語 全四冊
司馬遼太郎　新装版 箱根の坂 (上)(中)(下)
司馬遼太郎　新装版 アームストロング砲
司馬遼太郎　新装版 歳月 (上)(下)
司馬遼太郎　新装版 おれは権現
司馬遼太郎　新装版 大坂侍
司馬遼太郎　新装版 北斗の人 (上)(下)
司馬遼太郎　新装版 軍師二人
司馬遼太郎　新装版 真説宮本武蔵
司馬遼太郎　新装版 戦雲の夢
司馬遼太郎　新装版 最後の伊賀者

司馬遼太郎　新装版 俄 (上)(下)
司馬遼太郎　新装版 尻啖え孫市 (上)(下)
司馬遼太郎　新装版 王城の護衛者
司馬遼太郎　新装版 妖怪 (上)(下)
司馬遼太郎　新装版 風の武士 (上)(下)
司馬遼太郎・海音寺潮五郎　新装版 日本歴史を点検する
司馬遼太郎・井上ひさし　新装版 国家・宗教・日本人
司馬遼太郎・陳舜臣・金達寿　新装版 歴史の交差路にて〈日本・中国・朝鮮〉
柴田錬三郎　岡っ引どぶ 正・続〈柴錬捕物帖〉
柴田錬三郎　お江戸日本橋 (上)(下)
柴田錬三郎　三国志〈柴錬痛快文庫〉
柴田錬三郎　貧乏同心御用帳
柴田錬三郎　新装版 岡っ引どぶ〈柴錬捕物帖〉
柴田錬三郎　新装版 顔十郎罷り通る (上)(下)
柴田錬三郎　新装版 岡っ引どぶ (続)
柴田錬三郎　江戸っ子侍 (上)(下)〈レジェンド歴史時代小説〉
城山三郎　ビッグボーイの生涯〈五島昇その人〉
城山三郎　この命、何をあくせく
城山三郎　黄金峡

城山三郎・平岩外四　人生に二度読む本
高山文彦・城山三郎　日本人への遺言
白石一郎　火炎城
白石一郎　鷹ノ羽の城
白石一郎　銭の城
白石一郎　びいどろの城
白石一郎　庖丁ざむらい〈十時半睡事件帖〉
白石一郎　観音妖女〈十時半睡事件帖〉
白石一郎　刀〈十時半睡事件帖〉
白石一郎　犬を飼う武士〈十時半睡事件帖〉
白石一郎　出世長屋〈十時半睡事件帖〉
白石一郎　おんな舟〈十時半睡事件帖〉
白石一郎　東海道をゆく〈十時半睡事件帖〉
白石一郎　海よ島よ〈歴史紀行〉
白石一郎　乱世を斬る〈歴史エッセイ〉
白石一郎　海将(上)(下)
白石一郎　蒙古襲来〈海から見た歴史〉
志茂田景樹　真・甲陽軍鑑〈武田信玄の秘密〉
志茂田景樹　独眼竜政宗 最後の野望

志茂田景樹　南海の首領クニマツ
志水辰夫　帰りなん、いざ
志水辰夫　花ならアザミ
志水辰夫　負け犬
新宮正春　抜打ち庄五郎
島田荘司　殺人ダイヤルを捜せ
島田荘司　火刑都市
島田荘司　網走発遙かなり
島田荘司　御手洗潔の挨拶
島田荘司　死者が飲む水
島田荘司　斜め屋敷の犯罪
島田荘司　ポルシェ911《ナインイレブン》の誘惑
島田荘司　御手洗潔のダンス
島田荘司　本格ミステリー宣言
島田荘司　本格ミステリー宣言II〈ハイブリッド・ヴィーナス論〉
島田荘司　暗闇坂の人喰いの木
島田荘司　水晶のピラミッド
島田荘司　自動車社会学のすすめ
島田荘司　眩（めまい）暈

島田荘司　アトポス
島田荘司　異邦の騎士
島田荘司　改訂完全版 異邦の騎士
島田荘司　島田荘司読本
島田荘司　御手洗潔のメロディ
島田荘司　Pの密室
島田荘司　ネジ式ザゼツキー
島田荘司　都市のトパーズ2007
島田荘司　21世紀本格宣言
島田荘司　帝都衛星軌道
島田荘司　UFO大通り
島田荘司　リベルタスの寓話
島田荘司　透明人間の納屋
島田荘司　〈改訂完全版〉占星術殺人事件
塩田潮　郵政最終戦争
清水義範　蕎麦《そば》ときしめん
清水義範　国語入試問題必勝法
清水義範　永遠のジャック&ベティ
清水義範　深夜の弁明

清水義範 ビビンパ
清水義範 お金物語
清水義範 単位物語
清水義範 神々の午睡(上)(下)
清水義範 私は作中の人物である
清水義範 春高楼の
清水義範 イエスタデイ
清水義範 青二才の頃〈回想の'70年代〉
清水義範 日本ジジババ列伝
清水義範 日本語必笑講座
清水義範 ゴミの定理
清水義範 目からウロコの教育を考えるヒント
清水義範 世にも珍妙な物語集
清水義範 ザ・勝負
清水義範 清水義範ができるまで
清水義範 いい奴じゃん
清水義範 愛と日本語の惑乱
清水義範 西原理恵子・え おもしろくても理科
清水義範 西原理恵子・え もっとおもしろくても理科
清水義範 西原理恵子・え どうころんでも社会科
清水義範 西原理恵子・え もっとどうころんでも社会科
清水義範 西原理恵子・え いやでも楽しめる算数
清水義範 西原理恵子・え はじめてわかる国語
清水義範 西原理恵子・え 飛びすぎる教室
清水義範 西原理恵子・え 独断流「読書」必勝法
清水義範 西原理恵子・え 雑学のすすめ
椎名誠 フグと低気圧
椎名誠 犬の系譜
椎名誠 水域
椎名誠 にっぽん・海風魚旅〈怪し火さすらい編〉
椎名誠 くじら雲追跡編〈にっぽん・海風魚旅2〉
椎名誠 小魚びゅんびゅん荒波編〈にっぽん・海風魚旅3〉
椎名誠 大漁旗ぶるぶる乱風編〈にっぽん・海風魚旅4〉
椎名誠 南シナ海ドラゴン編〈にっぽん・海風魚旅5〉
椎名誠 極北の狩人〈アラスカ、カナダ、ロシアの北極圏をいく〉
椎名誠 もう少しむこうの空の下へ
椎名誠 モヤシ
椎名誠 アメンボ号の冒険
椎名誠 風のまつり
椎名誠 ニッポンありゃまあお祭り紀行〈春夏編〉
椎名誠 ニッポンありゃまあお祭り紀行〈秋冬編〉
椎名誠 新宿遊牧民
椎名誠 東海林さだお やぶさか対談
うえやまとち 漫画 東海林さだお 編 東海林さだお選「クッキングパパ」のこれが食べたい!
島田雅彦 フランシスコ・X
島田雅彦 食いものの恨み
島田雅彦 佳人の奇遇
島田雅彦 悪貨
真保裕一 連鎖
真保裕一 取引
真保裕一 震源
真保裕一 盗聴
真保裕一 朽ちた樹々の枝の下で
真保裕一 奪取(上)(下)
真保裕一 防壁
真保裕一 密告
真保裕一 黄金の島(上)(下)

真保裕一　発火点
真保裕一　夢の工房
真保裕一　灰色の北壁
真保裕一　覇王の番人(上)(下)
真保裕一　デパートへ行こう！
真保裕一　アマルフィ〈外交官シリーズ〉
真保裕一　ダイスをころがせ！(上)(下)
真保裕一　天魔ゆく空(上)(下)
周大荒　渡辺精一　訳　反三国志(上)(下)
篠田節子　贋《がん》作《さく》師《し》
篠田節子　聖域
篠田節子　弥勒
篠田節子　ロズウェルなんか知らない
篠田節子　転生
笙野頼子　居場所もなかった
笙野頼子　幽界森娘異聞
下川裕治　桃井和馬　世界一周ビンボー大旅行
下川裕治　篠原章　沖縄ナンクル読本
篠田真由美　未明の家〈建築探偵桜井京介の事件簿〉

篠田真由美　玄《くろ》い女神〈建築探偵桜井京介の事件簿〉
篠田真由美　翡《ひ》翠《すい》の城〈建築探偵桜井京介の事件簿〉
篠田真由美　灰色の砦〈建築探偵桜井京介の事件簿〉
篠田真由美　原罪の庭〈建築探偵桜井京介の事件簿〉
篠田真由美　美貌の帳《とばり》〈建築探偵桜井京介の事件簿〉
篠田真由美　桜闇〈建築探偵桜井京介の事件簿〉
篠田真由美　仮面の島〈建築探偵桜井京介の事件簿〉
篠田真由美　センティメンタル・ブルー〈蒼の四つの冒険〉
篠田真由美　月蝕の窓〈建築探偵桜井京介の事件簿〉
篠田真由美　綺羅の柩〈建築探偵桜井京介の事件簿〉
篠田真由美　失楽の街〈建築探偵桜井京介の事件簿〉
篠田真由美　胡蝶の鏡〈建築探偵桜井京介の事件簿〉
篠田真由美　聖女の塔〈建築探偵桜井京介の事件簿〉
篠田真由美　一角獣《ユニコーン》の繭《まゆ》〈建築探偵桜井京介の事件簿〉
篠田真由美　黒影《かげ》の館〈建築探偵桜井京介の事件簿〉
篠田真由美　angels《エンジェルス》―天使たちの長い夜
篠田真由美　Ave《アヴェ》 Maria《マリア》
篠田真由美　加藤俊章　絵　レディMの物語
重松　清　定年ゴジラ

重松　清　半パン・デイズ
重松　清　世紀末の隣人
重松　清　流星ワゴン
重松　清　ニッポンの単身赴任
重松　清　ニッポンの課長
重松　清　愛妻日記
重松　清　オヤジの細道
重松　清　青春夜明け前
重松　清　カシオペアの丘で(上)(下)
重松　清　永遠《とわ》を旅する者〈ロストオデッセイ 千年の夢〉
重松　清　かあちゃん
重松　清　星をつくった男〈阿久悠と、その時代〉
重松　清　十字架
重松　清　あすなろ三三七拍子(上)(下)
重松　清　峠うどん物語(上)(下)
重松　清　希望ヶ丘の人びと(上)(下)
重松　清　渡辺　考　最後の言葉〈戦場に遺された二十四万字の届かなかった手紙〉
新堂冬樹　血塗られた神話
新堂冬樹　闇の貴族

朱川湊人　オルゴォル
朱川湊人　満月ケチャップライス
柴村仁　夜宵
柴村仁　プシュケの涙
柴村仁　ノクチルカ笑う
篠原勝之　走れUMI
柴田哲孝　異聞 太平洋戦記
柴田哲孝　チャイナ インベイジョン〈中国日本侵蝕〉
塩田武士　盤上のアルファ
塩田武士　女神のタクト
芝村涼也　鬼《き》溜《だ》まりの闇〈素浪人半四郎百鬼夜行(一)〉
芝村涼也　鬼心の刺客〈素浪人半四郎百鬼夜行(二)〉
芝村涼也　蛇変化の淫〈素浪人半四郎百鬼夜行(三)〉
芝村涼也　狐嫁の列〈素浪人半四郎百鬼夜行(零)〉
芝村涼也　怨《おん》鬼《き》の執《しゅう》〈素浪人半四郎百鬼夜行(四)〉
芝村涼也　夢告の訣れ〈素浪人半四郎百鬼夜行(五)〉
真藤順丈　畦と銃
芝豪　朝鮮戦争(上)(下)
信濃毎日新聞取材班　不妊治療と出生前診断〈温かな手で〉

城平京　虚構推理
杉本苑子　孤愁の岸(上)(下)
杉本苑子　引越し大名の笑い
杉本苑子　汚名
杉本苑子　女人古寺巡礼
杉本苑子　利休破調の悲劇
杉本苑子　江戸を生きる
杉田望　金融夜光虫
杉田望　特別検査〈金融アベンジャー〉
杉田望　破産執行人
杉田望　不正会計
杉浦日向子　新装版 東京イワシ頭
杉浦日向子　新装版 呑々草子
杉浦日向子　新装版 入浴の女王
鈴木輝一郎　美男忠臣蔵
鈴木輝一郎　お市の方 戦国の凰《おおとり》
鈴木光司　神々のプロムナード
鈴木英治　闇の目〈下っ引夏兵衛〉
鈴木英治　関所破り〈下っ引夏兵衛〉

鈴木英治　かどわかし〈下っ引夏兵衛〉
鈴木敦秋　小児救急
鈴木敦秋　明香ちゃんの心臓〈東京女子医大病院事件〉
杉本章子　お狂言師歌吉うきよ暦
杉本章子　大奥二人道成寺〈お狂言師歌吉うきよ暦〉
杉本章子　精姫《あきひめ》様一条〈お狂言師歌吉うきよ暦〉
杉本章子　東京影同心
鈴木陽子／金澤治　発達障害〈うちの子が「ヘン」と言われたら〉
杉山文野　ダブルハッピネス
諏訪哲史　アサッテの人
諏訪哲史　りすん
諏訪哲史　ロンバルディア遠景
管洋志　ぶらりニッポンの島旅
末浦広海　訣別の森
末浦広海　捜査官
須藤靖貴　抱きしめたい
須藤靖貴　池波正太郎を歩く
須藤靖貴　どまんなか(1)
須藤靖貴　どまんなか(2)

講談社文庫　目録

須藤靖貴　どまんなか(3)
鈴木仁志　司法占領
須藤元気　レボリューション
菅野雪虫　天山の巫女《みこ》ソニン(1) 黄金の燕
菅野雪虫　天山の巫女《みこ》ソニン(2) 海の孔雀
菅野雪虫　天山の巫女《みこ》ソニン(3) 朱鳥《あけがらす》の星
菅野雪虫　天山の巫女《みこ》ソニン(4) 夢の白鷺
鈴木大介　ギャングース・ファイル〈家のない少年たち〉
瀬戸内晴美　かの子撩乱
瀬戸内晴美　京まんだら(上)(下)
瀬戸内晴美　彼女の夫たち(上)(下)
瀬戸内晴美　蜜と毒
瀬戸内寂聴　寂庵説法
瀬戸内寂聴　新寂庵説法 愛なくば
瀬戸内晴美　家族物語(上)(下)
瀬戸内寂聴　生きるよろこび〈寂聴随想〉
瀬戸内寂聴　寂聴 天台寺好日
瀬戸内寂聴　人が好き［私の履歴書］
瀬戸内寂聴　渇く

瀬戸内寂聴　白道
瀬戸内寂聴　いのち発見
瀬戸内寂聴　無常を生きる〈寂聴随想〉
瀬戸内寂聴　わかれば『源氏』はおもしろい〈寂聴対談集〉
瀬戸内寂聴　寂聴相談室 人生道しるべ
瀬戸内寂聴　花芯
瀬戸内寂聴　瀬戸内寂聴の源氏物語
瀬戸内寂聴　愛する能力
瀬戸内寂聴　藤壺
瀬戸内寂聴　生きることは愛すること
瀬戸内寂聴　寂聴と読む源氏物語
瀬戸内寂聴　月の輪草子
瀬戸内晴美編　人類愛に捧げた生涯〈人物近代女性史〉
瀬戸内寂聴・訳　源氏物語 巻《まき》一《いち》
瀬戸内寂聴・訳　源氏物語 巻《まき》二《に》
瀬戸内寂聴・訳　源氏物語 巻《まき》三《さん》
瀬戸内寂聴・訳　源氏物語 巻《まき》四《し》
瀬戸内寂聴・訳　源氏物語 巻《まき》五《ご》
瀬戸内寂聴・訳　源氏物語 巻《まき》六《ろく》

瀬戸内寂聴・訳　源氏物語 巻《まき》七《しち》
瀬戸内寂聴・訳　源氏物語 巻《まき》八《はち》
瀬戸内寂聴・訳　源氏物語 巻《まき》九《く》
瀬戸内寂聴・訳　源氏物語 巻《まき》十《じゅう》
梅原猛・瀬戸内寂聴　寂聴・猛の強く生きる心
関川夏央　よい病院とはなにか〈病むことと老いること〉
関川夏央　水の中の八月
関川夏央　やむにやまれず
関川夏央　子規、最後の八年
先崎学　フフフの歩
先崎学　先崎学の実況！盤外戦
妹尾河童　少年H(上)(下)
妹尾河童　河童が覗いたインド
妹尾河童　河童が覗いたヨーロッパ
妹尾河童　河童が覗いたニッポン
妹尾河童　河童の手のうち幕の内
妹尾河童・野坂昭如　少年Hと少年A
清涼院流水　コズミック流
清涼院流水　ジョーカー清

講談社文庫　目録

清涼院流水　ジョーカー涼
清涼院流水　コズミック水
清涼院流水　カーニバル一輪の花
清涼院流水　カーニバル二輪の草
清涼院流水　カーニバル三輪の層
清涼院流水　カーニバル四輪の牛
清涼院流水　カーニバル五輪の書
清涼院流水　秘密屋文庫　知ってる怪
清涼院流水　秘密室ボン〈QUIZ SHOW〉
清涼院流水　彩紋家事件(I)(II)(III)
瀬尾まいこ　幸福な食卓
関原健夫　がん六回　人生全快
瀬川晶司　泣き虫しょったんの奇跡　完全版〈サラリーマンから将棋のプロへ〉
瀬名秀明　月と太陽
曽野綾子　幸福という名の不幸(上)(下)
曽野綾子　私を変えた聖書の言葉
曽野綾子　自分の顔、相手の顔〈自分流を貫く生き方のすすめ〉
曽野綾子　それぞれの山頂物語　今こそ主体性のある生き方をしたい
曽野綾子　安逸と危険の魅力
曽野綾子　至福の境地
曽野綾子　なぜ人は恐ろしいことをするのか
曽野綾子　透明な歳月の光
蘇部健一　六枚のとんかつ
蘇部健一　六とん2
蘇部健一　長野・上越新幹線四時間三十分の壁
蘇部健一　動かぬ証拠
蘇部健一　木乃伊《ミイラ》男
蘇部健一　届かぬ想い
瀬木慎一　名画はなぜ心を打つか
宗田　理　13歳の黙示録
宗田　理　天路TENRO
曽我部司　北海道警察の冷たい夏
曽根圭介　沈底魚
曽根圭介　本ボシ
曽根圭介　藁《わら》にもすがる獣たち
田辺聖子　女が愛に生きるとき
田辺聖子　古川柳おちぼひろい
田辺聖子　川柳でんでん太鼓
田辺聖子　おかあさん疲れたよ(上)(下)
田辺聖子　ひねくれ一茶
田辺聖子　「おくのほそ道」を旅しよう〈古典を歩く11〉
田辺聖子　薄荷草の恋《ペパーミント・ラヴ》
田辺聖子　愛の幻滅(上)(下)
田辺聖子　うたかた
田辺聖子　春情蛸の足
田辺聖子　不倫は家庭の常備薬　新装版
田辺聖子　蝶花嬉遊図
田辺聖子　言い寄る
田辺聖子　私的生活
田辺聖子　苺をつぶしながら
田辺聖子　不機嫌な恋人
田辺聖子　どんぐりのリボン
田辺聖子　女の日時計
立原正秋　春のいそぎ
立原正秋　雪のなか
谷川俊太郎訳　和田誠絵　マザー・グース全四冊
立花　隆　中核VS革マル(上)(下)

2015年12月15日現在